JN119676

マドンナメイト文庫

メイド双子姉妹 巨乳美少女たちのシンクロ絶頂

青橋由高

目次

contents

プロローグ……7
第1章　双子姉妹のメイド計画……12
第2章　お風呂でぬるぬる洗体奉仕……76
第3章　姉メイドの卑猥なハメ撮り……123
第4章　マゾメイドのお仕置きプレイ……170
第5章　制服姿の双子同時絶頂……216
エピローグ……298

メイド双子姉妹　巨乳美少女たちのシンクロ絶頂

プロローグ

（ご主人様……そう呼べる日が、早く来ればいいのに……）

少女は毎夜、自分の部屋で彼の匂いを嗅ぎながら、淫らな独り遊びに耽《ふけ》る。

「ふっ……んっ……ご主人様の匂い、たまりません……ああ、子宮に響く匂いですよお……あっ、あっ、ダメ、指、勝手に動いちゃいますぅン！」

布団で四つん這《ば》いになった彼女が顔を埋《うず》めているのは、脱衣カゴからこっそり持ってきた彼のシャツだ。幼い頃よりずっと嗅ぎつづけた匂いは安心感を、そして淫らな肉欲をともに少女にもたらす。

（服の残り香なんかじゃなく、直接、ご主人様の匂いをくんかくんかしたい……昔みたいに抱きしめてもらって、ここまで育ててもらったこの身体で、いっぱい恩返しをしたいのにぃ）

初めて彼に出会ったときはまったく平らだった胸も、今では自分の手のひらでは包みきれないくらいに育った。そのたわわな膨らみを揉《も》みつつ、股間に潜らせた指ではしたなく湿ったスリットをまさぐる。

「はっ、んっ、ご主人様、ご主人様ぁ！　ああっ、どうかわたしに夜伽《よとぎ》をさせてくださいませ……このおっぱいも、オマ×コも、全部全部、あなたにご奉仕するために育ったんですよお……ンンンッ」

乳房と秘所から広がる快感に、まだ男を知らない少女は洗濯前のシャツを無意識に嚙《か》む。しこった乳首と勃起したクリトリスを指で転がすたびに増す悦楽に、若い肢体は小刻みに震え、甘い吐息が加速する。

（あっ、イク、イク、ご主人様の匂いに包まれてイク……！）

部屋中に飾られた愛《いと》しい男の写真に見つめられたまま、メイドを夢見る少女は今夜もまた、切ない頂《いただき》を迎えるのだった。

（姉さん、また今夜もオナってる。部屋が別々だからお互いの感覚は伝わりにくいけど、喘《あえ》ぎ声がしっかり聞こえてるの、わかってるのかな？……まあ、お互い様か）

先程の少女とまったく同じ顔をした彼女もまた布団で寝転びながら、自身の瑞々《みずみず》しい身体をまさぐっていた。

(姉さんはメイドになったらきっと、ご主人様に甘えたり、甘えさせたりするんだろうな。私はそれもいいけど、やっぱり……お仕置きされたい。いじめられたい。ご主人様にエッチな命令されて、毎晩夜伽したいな)

少女は姉とは違い、目を瞑《つぶ》って己のイメージを膨らませてオナニーに興じる。仰向けになっても美しい稜線《りょうせん》を誇る豊かなバストを荒々しく揉みしだき、浅ましく潤んだ秘裂を激しく擦《こす》る。

「んっ、はっ、あっ、ダメ……ご主人様、やめて……ああっ、ひどい、こんな無理矢理、乱暴にメイドを犯すとか、鬼畜……ケダモノ……ッ」

現実の彼が自分にひどい真似《まね》をするなど絶対にありえないとわかっているからこそ、彼女は妄想にのめり込んだ。

(ああ、ご主人様、許して……私、もう無理、これ以上されたら、壊れちゃうよお!ダメ、ダメ……アアッ、そんなところまでいじめちゃダメーっ!!)

現状のままでは、この淫らな願望が満たされる可能性は低い。そのため、彼女は姉と二人でメイドになる道を選んだのだ。

(知ってるんだよ、ご主人様がホントは私たちに欲情してるってこと。私たちはいつでもどこでもどこまでもオッケーなのに、あなたがヘタレだから、こっちがメイドになってご奉仕してあげる、感謝してよね、ご主人様……！）

二年ほど前からときおり向けられる彼の男の視線を思い出しつつ、少女はより強く乳房を揉み、クレヴァスをまさぐる。

「んっ、ふっ、くっ、んあっ、あっ、来る、来ちゃう……ああっ、ご主人様に犯されてイク、いじめられてイッちゃう……ふっ……ふううぅ……ッ!!」

脳内ご主人様に責められ、嬲《なぶ》られ、玩《もてあそ》ばれる妄想に耽りながら、被虐趣味の少女が絶頂する。

（はあぁ……早くメイドになりたいなぁ。そして、ご主人様にいっぱいいっぱい、いじめ可愛《かわい》がってもらうんだ……っ）

（今日も疲れた……仕事はまだしも、家庭でも気が休まらないのはキツい……）

四十を超えた彼は、疲弊していた。肉体へのダメージは、なかなか回復しない。しかしそれ以上に彼を苛《さいな》んでいるのは、精神的な疲労であった。

（あいつら俺の気も知らんと、またあんな薄着でうろつきやがって。こちとら、十年以上も女ひでりなんだぞ。おっさんになって身体は弱っても、性欲だけは無駄に元気

なんだぞっ）

まだまだ健在な牡《おす》の本能を理性という手綱で懸命に制御する日々は、彼のメンタルをごっそりと削っていた。

（オナニーしてるところを見つかりでもしたら、この十年で築いた信頼なんて一瞬で消し飛んじまう。それだけは絶対に勘弁だ。あと一週間の我慢だ。大型連休に入れば、あいつらはしばらく家を空ける。そしたら俺は束《つか》の間の自由を得られる……！）

男は目を瞑り、来週の予定を頭の中で立てる。

（まずは寝坊して、ジャンクなメシ食って、昼間から酒飲んで、見逃してた映画やらなにやらを消化して、そして秘蔵のエロ動画でオナりまくってやるっ）

彼女たちと彼の運命が大きく変わるのは、この半月後のことである。

第一章　双子姉妹のメイド計画

笹倉竜也《ささくらたつや》の朝は毎日早い。だが、この一週間だけは違っていた。

「んー……昼まで眠れる幸せ……たまらん……」

尿意と空腹に屈して起き上がった竜也はパンツとシャツだけの格好でトイレと台所に向かう。そして用を足し、前日に買っておいた見切り品の弁当を食べながら、スマホでだらだらとネットをチェックする。

「さて……飲むぞ」

弁当といっしょに持ってきていた発泡酒を開け、一気に半分を飲む。

「ぷはっ！　昼に起きて、そのまま酒を飲む……最高だ……！」

ふだんなら絶対にできない自堕落な行為に、竜也は至福の笑みを浮かべる。

（明日になったらあいつらも戻ってくるし、この天国みたいな生活ともお別れか……

切ない）

早くも一本目を空にしつつ、春の大型連休の終焉《しゅうえん》を惜しむ。明日以降はまた早起きし、つらい仕事をし、四十一歳の大人としてきっちりした姿を演じなければならないのだと思うと、せっかくの酔いが醒《さ》めていく。

（でもまあ、あいつらといられる時間も、もうそんなに残ってないんだ。二人が出ていったら好きなだけ怠けられるわけだし、せいぜい頑張るか）

二本目を持ってきた竜也は、TVをネットに繋《つな》ぐ。忙しくて全然観《み》られなかった映画を連続で楽しんでいたら、すっかり夜になっていた。布団の周囲には、空の缶が何本も散乱している。

「んー……っ！　飲んだし観たし、充実した一日だったな」

大きく伸びをした竜也は、ぼふっ、と布団に寝転ぶ。一週間、敷きっぱなしだったせいで若干臭《にお》う。

（明日は布団干して、掃除して、ゴミもまとめて、証拠隠滅しておかねえとな）

竜也は独身だ。しかし、十年前から遠い親戚の双子姉妹を預かっているため、一人暮らしではない。現在は築五十年を超える借家で、三人で生活していた。

「ん？　愛衣《あい》と理緒《りお》か」

夕食の冷凍ピザをむしゃむしゃと食べていると、メッセージが二件、連続して届いた。双子の姉の愛衣と、妹の理緒からだった。

――お友達みんなといっしょに晩ご飯を食べました　明日の夕方には帰ります　おみやげ、楽しみにしててくださいね♥

しっかり者の愛衣らしい内容に、知らず、頬が緩む。

――今日の晩ご飯だよ　美味《おい》しそうでしょ　みんなで作ったんだ　羨ましい？　作り方教えてもらったから帰ったら作ってあげる♥

姉と友人たち、そして料理の写真を送ってきたのは、妹の理緒だ。どの写真にも、澄まし顔の理緒や、いっしょに寝泊まりしているという女友達の姿が写り込んでいる。

（友達の家にお邪魔してるって聞いたが……みんな、あいつらより年上っぽくねえか？　本当に高校生か？）

過保護な竜也を安心させるためだろう、外泊中、若い女性たちといっしょの動画や写真を姉妹は送りつづけてきたが、同級生にしてはみな、大人びて見えるのが若干気にはなった。もっとも、男の影が感じられないため、竜也はそれほど心配はしていない。

（なんにせよ、あっちはあっちで楽しんでるみたいでよかった）

返事をしないと不機嫌になるので、それぞれに適当なスタンプを送っておく。

「……よし。自由気ままな生活も実質今夜までだ。最後は思い切り発散すっか」

TVの前に戻った竜也は、再び動画配信サービスにログインする。ただし、先程映画を観ていた家族共有ではない、アダルトジャンル専用の秘密のアカウントだ。

「おおっ、やっぱり画面がでかいとエロさも増すぜ！」

ふだんはスマホでこっそり鑑賞している竜也のテンションが上がる。

（さてさて、今夜のお供はどれにすっかな）

少ない小遣いを節約し、吟味に吟味を重ねてこつこつ集めたコレクションを物色する。ここ数年購入した動画のジャンルや女優のタイプが極端に偏っているのは、竜也が抱えている深い悩みと無関係ではない。

（このラインナップをあいつらに見られたら、俺、生きていけないな……）

恐ろしい想像にぶるりと身体を震わせながら、竜也は好みの動画を選んで再生する。

画面に映し出された女優は、愛衣と理緒の双子姉妹とどこか似ていた。

（あいつらのほうが百倍可愛いし美人だけどな）

妙な優越感を覚えつつ、硬くなった肉筒をしごく。今夜は一発と言わず二発三発と抜いて、欲望を処理する必要があった。

（まあ、あの二人が魅力的すぎるせいで、こんな情けない苦労してるわけだが）

娘のように思っていた愛衣と理緒が日に日に美しく成長するなか、己に芽生えた醜い欲望を自覚したのは二年前。大切な姉妹を万が一にも傷つけるわけにはいかないと、予防策として、こうして定期的に自慰で発散しているのだ。

「愛衣……理緒……ッ」

興奮が高まり、射精が近づくなか、自然と二人の名が口から漏れる。あと少し、あと数往復で爆発、というところで来客を告げるチャイムが響いた。

「なんなんだよ、もうっ」

一番気持ちのいい瞬間を邪魔された竜也は、それでも慌ててジャージを穿《は》いて玄関へと向かう。こういうとき、居留守を決め込めない性格なのが竜也だった。

「はいはいっと……………ふへぇっ!?」

どうせ宅配だろうと無造作にドアを開けた竜也は、目の前の光景に素っ頓狂な声を発した。まだ酔いが抜けていないのかと思い、頭を数回振ってみたが、状況にはなんの変化もなかった。

「夜分、失礼いたします。わたしは本日からご主人様の専属メイドとなる、笹倉愛衣と申します。どうぞ、末永くお仕えさせてくださいませ」

「同じく、ご主人様だけのメイドになる笹倉理緒。今後とも、よろしく」

ドアの向こうに立っていたのは、間違いなく愛衣と理緒だった。遠い親戚ではあるものの血の繋がりはないが、十年も家族として暮らしてきたのだ、どんな髪型や服装でも見間違えるなどありえない。ありえないのだが、

「ど……どなた様？」

思わずそう尋ねてしまうくらいには、二人の姿は普通ではなかった。なにしろ姉妹は、白と紺のコントラストが美しいエプロンドレス、いわゆるメイド服を纏《まと》っていたからだ。

「あら。今、名乗りましたよね？　わたし、愛衣です。あなたの娘で、メイドの愛衣ですよ。もしかして、寝起きでしたか？」

「それとも、私と姉さんがいないのをいいことにだらけた生活してたせいで、目と頭がボケた？　たっくん……じゃない、ご主人様はいい歳《とし》なのでボケるのも介護も覚悟してるけど、あと二十年は頑張ってもらわないと困る」

おっとりした表情と声。早口で淡々と、そして少し毒を含んだセリフ。どちらも間違いなく、愛衣と理緒だった。たとえその頭に純白のカチューシャがあったとしても。

「なんで、ここにいる？　お前ら、帰ってくるのは明日の夕方だって……」

だからこそ、今夜は気兼ねなくだらけよう、エロ動画で抜きまくろうと考えていたのだ。

「実は、竜也さん……じゃない、ご主人様を油断させるための作戦でした」

くすくすと、姉の愛衣が目を細めて笑う。

「どうしてそんな真似を……って、そもそもなんなんだよ、その格好は!?」

「見てのとおりメイドだよ、メイド。ご主人様の大好きなエプロンドレス。しかも露出度高めの特注品。エロくてイイでしょう?」

妹の理緒も、むふっ、と悪戯《いたずら》っぽく微笑《ほほえ》む。

(いったいなにが起きてるんだ？　ただのサプライズ？　それにしちゃあ、大袈裟《おおげさ》すぎるし)

混乱、困惑する竜也をよそに二人は短いスカートを指でつまむと、脚を交差させ、軽く膝を折り曲げて頭を下げてきた。

「おおっ!」

気品漂う見事な礼に加え、二人の動きの見事なシンクロ具合に、思わず声が漏れていた。ただでさえ短いスカートをつまみ上げたせいで、太腿《ふともも》の大部分が見えてしまい、心拍数が増す。

「これはカーテシーという、メイドがご主人様に対して使う、正式な挨拶です。いかがでしたか？」

「簡単そうに見えるけど、実は綺麗《きれい》にやるのはなかなか大変。姉さんと私、頑張って練習したんだから」

愛衣と理緒はなにかを求めるように竜也を見つつ、軽く頭を差し出してくる。褒めて欲しい、撫《な》でて欲しいときにする、子供の頃からの仕草だった。

「た、確かに凄《すご》く綺麗で、ぴったりの動きだったぞ。頑張ったんだな」

いつものくせで二人の頭を撫でようとした竜也は、そこにあるカチューシャを見て、伸ばした手を慌てて引き戻す。

「なでなで、してくれないんですか？」

「私と姉さん、頑張ったんだから、ちゃんと褒めて」

頬を膨らませた愛衣と理緒が、恨めしげにこちらを睨《にら》んでくる。

「褒める褒めない以前に、まずは説明！　お前ら、なんで急に帰ってきたんだ？　それにその格好……メイドになるって、どんな冗談だ？」

「もちろんご説明はしますよ、ご主人様」

「でも長い話になるから、まずは家の中で。夜はまだ寒いし」

姉妹が靴を脱ぎ始めたのを見て、竜也はようやく己の危機的状況に思い至る。

「待て！　十分……いや五分でいい、部屋を片づけるから、外で待っててくれ！」

「待てません」

「言ったよね、寒いって。このメイド服、ご主人様の趣味嗜好《しこう》に合わせて肌の露出多めだから、風邪引いちゃう」

必死の形相で家に入るのを阻止しようとする竜也だったが、双子は軽いフットワークで脇をすり抜けていってしまう。

「あぁ！」

慌てて追いかけるが、すでに二人は居間に到達していた。一週間敷きっぱなしの布団、散乱したビール缶も充分にまずいが、致命的だったのはなんといっても一時停止中のアダルト動画だ。

「…………」

「…………」

もちろん、見られた。空気の澱《よど》んだ薄暗い室内で、ＴＶに映るモザイク交じりの映像を、メイドの格好をした美少女姉妹が無言で見つめるという、まさに地獄絵図だ。

（終わった……完全に終わった……保護者としての俺、即死したわ……）

人間、本当に強いショックを受けると表情も感情も消えるのだな、などと思いつつ、愛衣と理緒の顔を恐るおそる窺《うかが》う。

「……え？」

間違いなく自分に対する侮蔑、軽蔑、嫌悪を露《あらわ》にしているだろうと考えていたが、二人の表情は、竜也の予想とはまるで異なるものだった。

「ふうん。ご主人様、わたしたちがいないあいだ、ずいぶんと羽を伸ばしてたみたいですねえ」

部屋の明かりを点《つ》けた愛衣が、散らかり放題の有様を見回してつぶやけば、

「別のモノも伸ばしてたみたいだけど」

TV画面をちらりと見た理緒が、意味深長なセリフを口にする。

姉妹に共通していたのは、どちらの顔にもなぜか笑みが浮かんでいた点だ。

「あの、その、これはだな」

「ご主人様は部屋から出てください。わたしと理緒でお掃除しますので」

「私と姉さんが片づけてるあいだ、ご主人様はここに立入禁止」

「ええっ!? いや、俺が散らかしたんだ、俺一人でやるよ！」

可愛い娘たちにそんな真似はさせられないという思いが一割。残りの九割は、見ら

れたらまずいものをさっさと隠蔽したい気持ちだった。特に危険なのが、エロ動画だ。まだログインしたままなので、秘密のコレクションを見られてしまう可能性が高い。

「ダメです。お部屋のお掃除はメイドのメインの仕事です」

「手持ち無沙汰なら、ご主人様は先にお風呂入ってて」

「お前らに掃除させておいて、俺だけ風呂なんて」

「だってご主人様、ちょっと臭ったし」

女子高生にこんなことを言われては、中年男はすごすごと浴室に向かうほかはなかった。


大急ぎで髪と身体を洗い、伸びっぱなしだった髭《ひげ》も剃《そ》り、今さらではあるが、ちゃんとした保護者の擬態をして戻ると、独身中年男の魔窟と化していた居間は、すっかりふだんどおりだった。ただ一点、TVに映るいかがわしい映像を除けば、だが。

(リモコン……リモコンはどこだ!?)

すでに手遅れとはいえ、せめて画面だけでも消そうとリモコンを探す。が、見当たらない。

「探してるのはこれですか？」

部屋の隅に立っていた愛衣が、自分の胸元を指さしながら言う。

「なっ……!?」

小学生高学年の頃からぐんぐんと成長し、高校に入学した現在もまだ育ちつづけているバストの深い谷間に、リモコンは埋まっていた。

「ご主人様、姉さんのおっぱい、視姦《しかん》しすぎ」

愛衣の隣にいた理緒が無表情のまま、過激な単語を口にする。

「しかっ!? ち、ちがっ、俺はリモコンを……そうだ、リモコンをよこせ、愛衣!」

「いいですよ。さ、どうぞ」

愛衣はぐっと胸を突き出し、乳房に挟まれたリモコンを差し出してきた。ただでさえたわわな膨らみがさらに強調され、竜也の目が自然と引き寄せられる。

(で、でかい……いや、知ってたけど! というかこのメイド服、胸、開けすぎじゃね!? エロすぎだろ! おっぱいがこぼれそうじゃん!)

双子が着ているエプロンドレスは、一般人がメイドと言われて思い浮かべるようなデザインと比べ、極めて露出度が高い。ノースリーブなので肩や腋《わき》が丸出しなのはともかく、胸元がそうとうに開いているのだ。

上半身に比べ、下半身の肌の露出面積は少ない。少ないのだが、かなり丈の短いスカートと、膝上までを包むオーバーニーソックスが生み出す魅惑の絶対領域が、逆に男心を刺激する。

「ご主人様、どうしたんです？　さ、リモコンはここにありますよ？」

愛衣はリモコンを谷間にさらに深く潜らせたうえ、両腕で自分の胸を中央に寄せる。巨大な柔肉に埋まったリモコンは、先端部分が僅かに覗《のぞ》くばかりだ。

「いやいや、なんで奥に押し込む!?　そこから取ろうとしたら俺、犯罪者コースだからな!?」

「わたしは別に、ご主人様におっぱい触られても平気ですよ？　裸も見せ合った仲じゃありませんか」

「ガキの頃の話な！　お前らが俺んところに来た直後だけだろ！」

「ホントは姉さんのおっぱい触りたいくせに。ご主人様の意地っ張り。むっつり」

理緒が、ふふん、と鼻で笑いながら言う。

「妙な誤解するな、理緒！」

「それとも、ご主人様は姉さんじゃなく、私のおっぱいがよかった？　それならそう言ってくれればいいのに。えい」

理緒は姉の胸元に無造作に手を突っ込み、リモコンを取り出すと、今度は自分の谷間に挟んだ。が、リモコンを奪えないという意味では、状況にまったく変化はない。

(なんか……パイズリしてるみたいだな、この絵面……)

オナニーの途中だったせいか、思考がついつい、下品な方向に行ってしまう。

「あ。ご主人様、今、エッチなこと想像したでしょ。エロ」

そんな竜也の思考を読み取ったかのようなタイミングで、理緒が自分の乳房を持ち上げ、動かし始めた。それはまさに、リモコンを使った疑似パイズリそのものだった。

「な、なにしてんだ、バカ!」

「ナニってただリモコンを挟んでるだけだよ? ご主人様はナニを想像したのぉ?」

ふだんはあまり表情を変えないくせに、こういったときだけはにやにやと笑うのが理緒だ。腹も立つが、同時に、こういう顔も魅力的に感じるのがよけいに悔しい。

「ふふ、理緒、あんまりご主人様をからかっちゃダメよ。今日はいっぱい話し合うことがあるんだから」

今度は愛衣が妹の胸に手を突っ込み、リモコンを奪い返す。再び谷間に挟みはしなかったが、竜也に渡すつもりもないようだ。

「さて、まずは座りましょうか、ご主人様」

「お、おう」

ふだん、三人で使っている大きなちゃぶ台を挟み、姉妹と向かい合う。畳の部屋で座布団にちょこんと正坐《せいざ》するメイド美少女は、現実感に乏しい。しかし、これは夢などではなく、紛れもなくリアルだった。残念ながら。

「状況をもう一度ご説明しますね。わたしと理緒は本日より竜也さん、つまりご主人様のメイドになったんです。ちゃんと日本メイド協会の認定試験にも合格した、本物のメイドですよ」

「まあ、まだ仮免だけどね。今回、たっくん……じゃない、ご主人様のところで実地研修済ませれば、晴れて合格ってわけ」

姉と妹がすっ、と顔写真つきのカードを差し出してきた。メイド協会なる謎団体が発行する証明書らしい。怪しさしかない。

「……お前ら、騙《だま》されてないか？　警察、行くか？」

「ふふふ、相変わらず心配性ですね。大丈夫ですよ、メイド協会は怪しい団体なんかじゃありません。バックには名だたる大企業もついてるんです」

「実はこの一週間泊まってたのって、友達の家じゃなくて、協会の合宿所だったんだ。いっしょにいたのは、講師の先輩メイドさんたち」

「最終試験も兼ねてましたが、わたしたちは見事合格です」

「メイドの勉強、楽しかったよ。最後はみんなで打ち上げとかしたし」

話だけ聞くと胡散《うさん》臭さしかないのだが、一方で、この二人が浅はかな行動はしない
だろうという信頼感もあった。だから竜也は、ひとまずこの問題を棚上げする。

「メイドをするってのは、バイトみたいなもんか？」

「私と姉さんは、そんな感じ。見習い中だし」

「バイト代を出すのは、まさか、俺なのか？」

竜也の問いに、姉妹は同時に頷《うなず》く。

「いや、俺、そんな金出せないぞ？」

「ご安心ください。わたしも理緒もまだ研修中の身なので一日百円でかまいません」

「小学生の小遣いかよ！」

「ご主人様の稼ぎがどのくらいか、私も姉さんも知ってるし。ない袖を振らせるほど、
私たちは性格悪くないよ？」

「口は悪いけどな！　悪かったな、薄給で！」

小さな会社に勤務している竜也の収入は、決して多くない。それは家族全員わかっ
ているので、冗談めかした口調で姉妹に言い返す。

「そういう意味じゃありません。ご主人様がどれだけ頑張って働いてわたしたちを育

てくれたか、わたしも理緒もちゃんと知ってます」

「稼ぎが少ないとは言ったけど、それが悪いなんて思ってないし。私たちは充分に幸せ」

するると、愛衣と理緒は真剣な表情でそんな嬉《うれ》しいセリフを言ってくれた。感動で少し目が潤んでしまう。

「なので、ご主人様は金銭的な問題を気にせず、がしがしわたしたちをこき使ってください」

「それだとお前らは働き損だろ。いや、そもそもなにが目的なんだよ？　お前らがメイドに興味あるだなんて、初耳だぞ？」

「私たちにメイドやろうと思わせた張本人がなに言ってるの？」

理緒はリモコンを手に取り、操作を始めた。一瞬、ずっと一時停止中だったエロ動画をこの場で再生されるのかと冷や汗をかいたが、そうではなかった。ただし、竜也にとってはもっとつらい状況が展開されてしまう。

「ご主人様と十年いっしょに暮らしてきましたが、メイド好きだったなんて、つい最近まで知りませんでした」

「まさかご主人様にこんな隠れた趣味嗜好があるとはびっくり」

ＴＶには、竜也のお気に入り動画がずらりと表示されていた。タイトルやサムネイルには、半数ほどに「メイド」の文字がある。

「ち、違う！　誤解だ！　確かに一見するとメイドものが多く見えるが、これは偶然なんだ！」

この弁明は、嘘《うそ》ではなく真実だ。竜也は本当にメイド属性があるわけではなかったのだ。少なくとも、動画を集め始めた当初は。

「でもご主人様のお気に入りフォルダを見ますと、七十七本の動画中、四十一本がメイドもの、つまり五十三％を占めます。この割合は明らかに特定の性的嗜好を示してませんか？」

「女優さんのタイプにも顕著な偏りがあるよね。これは間違いなくご主人様の好みの反映と結論づけていいのでは？」

「待て！　なんでお前ら、そこまで詳細な分析できてるんだ!?　まさか……このフォルダの存在を以前から知ってたのか……!?」

「えっ。もしかしてご主人様、わたしたちに隠せていたと思ってたんですか……？」

愛衣が、心底驚いた顔を浮かべる。

「そ、そんな……」

愛衣と理緒はつい先日、高校に入学し、誕生日を迎えたばかりの十六歳だ。多感で難しい年頃の少女たちの前では、立派な大人の男であろうと努力しつづけてきた竜也にとって、これは四十一年間の人生でもトップクラスの衝撃だった。

「そもそも、家族みんなで見る動画サービスで、わざわざ個人のアカウントを用意してる時点でダメでしょ。こんなの、エロいの集めてますって言ってるも同然」

今度は理緒が、呆《あき》れた目を向けてくる。

「た、たとえそうだとしても、パスワードがあるだろっ」

「スマホのパスコードといっしょで、わたしと理緒の誕生日でしたね。うふふっ」

「ご主人様、私たちのこと好きすぎでしょ。愛しすぎでしょ。まあ、嬉しかったけど。ふふっ」

どうやらスマホの中身も見られていたらしいと知り、竜也はちゃぶ台に突っ伏す。

「大丈夫ですよ、わたしたちが見たのは連絡帳だけです」

「ご主人様の交友関係に私たち以外の女がいないか確認しただけ。安心して」

そんな竜也に対し、二人は慰めにならない慰めの言葉をかけてくる。むしろ追い撃ちですらあった。

「あと、これはぜひご主人様の口から直接聞きたいのですが……お気に入りの女優さん、わたしたちに似てるのは偶然ですか？」

びくん、と竜也の肩が跳ねる。

「髪型とかおっぱいの大きさとか女子校生ものとか、明らかに多かった。ここら辺についての説明を求む」

びくびくん、と竜也の身体が震える。

（こ、こいつら、もう、全部わかってやがる……俺が二人に対して邪《よこしま》な欲望抱いてたこと、完全にばれてる……！）

言い逃れは不可能。今の、慎ましやかではあるが幸せな生活は完全に終焉を迎えるのだと竜也は悟り、絶望する。しかし同時に、不思議な安堵《あんど》感もあった。自分が、大切な姉妹に手を出す懸念が消えるためだ。

「安心しろ。なるだけ近いうち、俺がここを出ていく。生活については心配するな。少なくともお前らが一人前になるまでは、俺が絶対に責任を取る」

上体を起こした竜也は、穏やかな声で二人に告げる。

「……なにを言ってるんです、ご主人様。連休で頭がボケちゃってるんですか？」

「ご主人様が鈍感でアホでマヌケだとはとっくに知ってたけど、このレベルだとは、さすがに想定外」

対照的に、双子の顔と声は険しかった。特に姉の愛衣は、ふだんの温和な態度との落差が大きい。竜也が一瞬、脅えてしまうほどの目つきだった。

「わたしと理緒があなたのこのコレクションを見たとき、どれだけ喜んだかわかりませんか？」

「は？　愛衣、なにを言って……」

今度は悲しげな、もしくは寂しげな表情を浮かべる愛衣に、竜也は混乱する。

「姉さん、ダメ。このおっさんには、一度お仕置きが必要みたい」

一方、妹の理緒は残念なものを見る目をこちらに向けてくる。

「理緒の言うとおりね。予定では契約書にサインさせてからのつもりだったけど、少し前倒ししましょう」

「大丈夫、ご主人様が私たちの頼みを断るはずないし、万が一拒んだとしても、実印の場所は知ってるわけだし。あとで契約書に押しておこう」

「お、お前ら、なにさらっと怖い会話してるの!?」

「怖い話を先にしたのはご主人様です。今、わたしたちがどれほどのショックを受けたか、わかってませんね？」

「こんなに健気で一途《いちず》で可愛い娘二人を見捨てるとか、まさにネグレクト。これはお仕置きどころじゃすまない重罪」

双子は勢いよく立ち上がると、出したばかりのちゃぶ台を片づけ始めた。さらに押し入れを開け、これもまたつい先っきしまったはずの布団を畳に敷く。

(え、なにしてんのこいつら？　まさか俺、あの布団で簀巻《すま》きにされるの？)

困惑する竜也をよそに、姉妹はいったん居間を出ていく。が、すぐに戻ってきた。

そして、それぞれが私室から持ってきた自分の布団も並べて敷く。

「……懐かしいな」

思わず、そうつぶやいていた。愛衣と理緒がまだ小さかった頃は、この部屋で三人いっしょに寝ていたためだ。

「ご主人様は真ん中です。さあ、さっさと寝てください」

「お、おう」

なぜこうした状況になっているのかまったくわからなかったが、愛衣の目が完全に据わっていたので、言われるまま布団に横たわる。

(愛衣は滅多に怒ったりしない分、こういうとき、マジで怖いんだよな……)

二人が先程口にした「お仕置き」がどんなものなのかわからず緊張していると、右に愛衣が、左に理緒が寝そべってきた。

「ご主人様、挟んだ。これでもう逃げられないよ」

「こら、抜け駆けはダメ。ご主人様はわたしたちの共有財産なんだから」

ただ横に寝ただけでなく、姉妹は竜也を挟むように抱きついてきた。両腕にはたわわなバストが押しつけられ、脚も絡められる。

「お、おい、なんのつもりだ？」

「可愛いメイドを捨てようとする極悪非道なご主人様の拘束です」

「私と姉さんを捨てるなんて、絶対に許さない。ご主人様、逃がさない」

「捨てるわけじゃない。というかお前ら、なんで俺がこの家を出ていこうとしてるか、そもそもの理由、忘れたのか？」

「ご主人様がわたしたちを女として見てるからですよね？」

「このままだと欲望に負けて私と姉さんを襲いそうだからでしょ？」

まったくもってそのとおりなのだが、当人たちに言葉にされると、精神へのダメージはなかなか大きかった。

「そ、そうだ。なにかあったらじゃ遅すぎるんだ。これはお前たちの安全のためなんだぞ？　いつ暴走するかわからんケダモノと一つ屋根の下なんて、イヤだろうが」

「確かに遅すぎです。わたしと理緒は、あなたが暴走するのを、今か今かと待ちつづけてたんですよ？」

「ホント、ご主人様、のろま。私たちがなんでこんなエッチな格好してると？　ご主人様にケダモノになってもらいたくてメイドになったの、まだわからない？」

左右の耳に届くとんでもない内容のセリフに、理解がまったく追いつかない。

「あ、ありえん。お前らのような若くて可愛い娘が、なんで俺を。理論的に考えて絶対にありえん。冗談にもならん」

竜也にとって、愛衣と理緒は血の繋がりこそないが、自慢の娘だ。だからこそ、そんな二人が自分みたいな男を選ぶなど、絶対に許せないことだった。

「ご主人様は自己評価低すぎなんです。わたしたちはずっとずっと前から、あなたを一人の男性として慕ってましたよ？」

「私も姉さんも、ホントにご主人様が好きなんだけど」

そんな竜也の理性や責任は、双子の告白によって大きく、激しく揺さぶられた。

「つまり、両想いです。なんの問題も障害もありません」

「しかも今の私たちはご主人様のメイドだよ？　どんな命令でも聞いてあげちゃうよ？　エッチなお仕置きだってしてもいいんだよ？」

甘い言葉に加え、メイド姉妹はさらに密着度を高め、物理的かつ肉体的方面からも竜也を籠絡しにかかった。

（ぬおおっ！　胸が当たる！　やわっこい！　でっかい！　なんか甘い匂いがする！　くおおっ、太腿を脚で挟むな、股を擦りつけるなぁ！）

つい数年前まではこうして三人、川の字になって寝ていた娘たちによる大胆でストレートな誘惑に、四十一歳の良識はいよいよ限界に近づく。

「こうは考えられませんか？　わたしたちが将来、ダメな男に引っかからないよう、ご主人様が父親として、保護者として、大人として、性教育をするのだと」

「考えられるか！」

「ご主人様、頭が堅い。……こっちは硬くていいけど」

「こら、どこ触ってる、理緒！」

突然、股間を撫でられた竜也は慌てて腰を引きながら理緒を窘《たしな》める。

「メイドになった娘に欲情してる中年独身男の勃起オチ×ポ」

「ご主人様も、オチ×チンみたいに素直になってください。わたしたちだけ告白させるのは、それこそ人としていかがなものかと思いますよ？……あ。ホントに硬い」

妹に続き姉にも股間の膨らみを触られたせいで、竜也の勃起はさらに硬度を増してしまう。自慰の途中だったこともあるが、愛しい娘たちに醜い肉筒を触らせた罪悪感が逆に興奮に繋がったためだ。

「もう、強情ですね。まあ、そういうところも好きなんですけれど。……理緒」

「了解、姉さん」

二人に手を出したい気持ちを懸命に堪《こら》える竜也をよそに、双子姉妹はなにやらアイコンタクトを交わす。これ以上なにをするのかと、九割の不安と一割のやましい期待を抱きつつ身構えていると、突然、竜也の視界が暗くなった。

（えっ？……ええっ!?）

視界を覆ったのが愛衣と理緒の黒髪だと気づいたときにはもう、竜也の口には二つの唇が押しつけられていた。

唇の右半分に姉の愛衣の、左半分に妹の理緒の柔らかな、そしてしっとりとした感触があった。同時に竜也にキスをした双子は、顔を離すときも同時だった。

「ふふふ、完璧なタイミングね。何度も練習した甲斐《かい》があったわ」

「今のは完全に同時だったから、私と姉さんのファーストキスを奪ったのはご主人様ということで確定です」

ほんのりと頬を赤らめた美少女メイドたちが、ぱん、とお互いの手を合わせる。

「お前ら、なんで……」

「好きな人とキスしたくなるのは、当然です」

「私と姉さん、どっちが先かで揉めるのも面倒なんで、いっしょにしてみただけ」

ここまでされれば、さすがに二人が本気なのは伝わる。保護者としては複雑な気分だが、一人の男として正直に感想を言えば、最高に嬉しかった。

「さあ、次はいよいよ初エッチ、初夜伽ですよ、ご主人様」

「さすがにこれは同時にはできないんで、姉さんが先」

「ごめんね、理緒」

「いいよ。どうせ私たちの場合は、アレがあるんだし」

娘に同時にキスされた衝撃からまだ復活できないあいだに、姉妹はどんどん話を進めていく。

「待て。待つんだ、お前ら。落ち着け。冷静になれ」

「イヤです。わたしたち、もういっぱい待ちました。ずっとずっと待ってました」

「ご主人に散々待たされてるあいだ、ずっと考えて出した結論がこれ。今さら引き返せない」

ふだんは比較的聞き分けのいい二人だが、今回は取りつく島もない。それでも、竜也は説得をやめるわけにはいかない。キスまではぎりぎりとしても、さすがにセックスとなると話が違う。違いすぎる。己の良心を誤魔化しきれなくなる。

「ご主人様は、こういうのがお好きなんですよね？」

「これを見ても、まだそんなことが言える？」

竜也の理性を粉々に吹き飛ばす事態が起きた。愛衣と理緒が、メイド服の胸元を突然はだけたのだ。どうやら元々ブラジャーは着けていなかったらしく、真っ白で巨大な膨らみが四つ、竜也の眼前に揺れながら現れた。

「……！」

「うふふ、やっぱりです。ご主人様はわたしたちのおっぱいが大好きなんですね」

「私たちのおっぱいは、どっちもGカップ。まだまだおっきくなってるから、今後の成長に期待してくれていいよ？」

目を見開き、大きく息を吸い込んだ竜也の反応に、姉妹は満足げな笑みを浮かべる。

二人の顔はさらに赤くなっていたが、羞恥だけでなく、興奮の影響もありそうだ。

「これを好きにしていいのは、ご主人様だけですよ。揉んでも吸っても噛んでも、なにをしてもいいんです」

「ご命令があれば、押しつけたり、挟んだりも可能」

双子は自らの膨らみを両手で持ち上げ、竜也に見せつけてくる。少女の手ではとうてい包みきれないほどの巨乳を目の前でゆさゆさと揺らされては、これ以上の我慢など不可能だった。

「いつまでも調子に乗るなよっ」

「あんっ」

「ん……っ」

欲情のままに両手を伸ばし、右手で愛衣の、左手で理緒の柔乳をつかむ。滑らかで、柔らかく、そして手のひらに吸いつく極上の肌の感触に、さらに理性が溶ける。

「ご主人様ぁ」

「ご主人様……！」

いきなり乳房を握られたにもかかわらず、姉妹に逃げる気配はなかった。それどころか竜也の前腕をつかみ、ぐいぐいと自らの胸に引きつけてくる。

（こいつら、本気で俺に抱かれる気なんだ……！）

感動と感激に、知らず、両手で二人の膨らみを揉み始めていた。十六歳になったばかりの若さを誇るように、弾力に充ち満ちたバストだった。

「はああぁ、ああ、おっぱい、揉まれてますぅ……んん……はあン」

「んっ、んふっ、んんん……っ」

（ああ、やっぱり胸の感触もそっくりなのか）

一卵性双生児のため、乳房は見た目も揉み心地もよく似ていた。それでも、確かにごく僅かな違いは感じられた。

「いっぱい揉んで、触って、いじって、わたしと理緒の違い、覚えてくださいね」

「そのうち目隠ししてどっちのおっぱいか当てさせるから。間違えたら、お仕置き」

多少なりとも快感を得ているのか、二人の息が荒くなってきた。手のひらに感じる体温も上がってきたし、なにより、膨らみの先端が尖《とが》り始めている。

（乳首、勃《た》ってる。エロすぎだろ）

姉も妹も同じくらいに勃起していたが、竜也が先につまんだのは、右にいた愛衣の乳首だった。竜也が右利きだっただけで、そこに他意はない。

「ひゃん！」

「ひうっ！」

綺麗なピンクの突起に触れた刹那、愛衣だけでなく、理緒までもがびくり、と女体を震わせた。

「え。お前ら、もしかして快感もシンクロすんのか？　ってことは……」

今度は左手で理緒のしこった乳首を指の腹で優しく撫でてみると、

「ンンッ！」

「ひゃあン！」

ほぼ同時に、愛衣も嬌声《きょうせい》をあげた。

「つまりわたしたちは、同時にご主人様に愛してもらえるってわけなんです」

「だから、姉さんを抱いてるときは私を。私を抱いてるときは姉さんもいっしょに抱いてるのといっしょ。平等でお得」

愛衣と理緒、この双子のあいだに起きている不思議なシンクロ現象は、竜也もたびたび見てきた。当初はただの偶然と思っていたのだが、何度も目の前で見せつけられると、さすがに信じざるをえない。

（でも、ここまではっきりシンクロするのは初めてだな。まあ、今は素直に愉《たの》しませてもらおうか）

美しい姉妹を同時に可愛がれる奇跡に感謝しつつ、己の欲望に従う。

「あっ、あっ、ご主人様、乳首、くりくり、ダメぇ」

「ひんっ！　先っぽ、両方、いじめるなんてひどいぃ……アアッ」

愛衣の右の乳首と、理緒の左の乳首をそれぞれつまみ、こね回す。こうすれば二人は左右の先端を同時に愛撫されるのと同じと考えたためだ。そしてこの狙いは、見事に成功した。

「んっ、んっ、凄い、です……触られてないのに、先っぽ、気持ちイイ……ッ」

「ダメ、あっ、ご主人様の触り方、エッチ……ひぃん！」

二人のメイドたちが切なげに上半身を揺らす姿に、竜也の理性はいよいよ消滅の危機に瀕《ひん》する。

（きっとこいつらはもっともっと可愛く、美しくなる。当然、男どもがほっとくわけがない。どこの馬の骨ともわからない男に食われるくらいなら、いっそ俺が……！）

最高に身勝手な屁理屈《へりくつ》をこねた竜也は身体を起こすと、より荒々しく姉妹の胸を玩ぶ。すっかり勃起しきった乳首だけでなく、竜也の手のひらでも包みきれないほどの膨らみを揉みしだく。

「ご主人様、その気になってくれたんですね。あっ、あっ、はぁん」

「ご主人様の目、ケダモノみたい……でも、嬉しい……はっ、はっ、はぁぁっ」

ステレオで左右から聞こえてくるのは、十年いっしょに暮らしてきた竜也も知らない、艶《なま》めかしい、女の声だった。

「ああ、俺はもう止まれないぞ。完全にその気になったケダモノだからな。……愛衣」

先程の会話を聞く限り、竜也に抱かれる順番は二人のあいだで決めてあるらしいとわかる。だから竜也は、姉の愛衣をそっと布団に仰向けに寝かせた。

「うふふ、ずいぶんと優しいケダモノですね。もっと乱暴に押し倒してくれてもいいんですよ？　わたし、そういうのにもちょっと憧れがありますし」

「ダメ。ご主人様にいじめられるのは私の担当。……こっちも始めるね。ん……ふっ……んんっ」

愛衣と並ぶように布団に横たわった理緒が、両手で自分の乳房を揉み始めた。

「理緒？」

「姉さんのサポート。私が気持ちよくなれば、姉さんも気持ちよくなるから。女日照りのご主人様が、処女の私たちをいきなりよがらせてくれるとは思えないし」

「ぐっ」

理緒の言うとおり、竜也はこの十年以上、女を抱いていていない。双子を育てるのに精いっぱいで、恋人を作る時間も、風俗店に通う金銭的余裕もなかったせいだ。しかも、処女を相手にするのも今回が初めてだ。

（なるほど、感覚共有を利用するのか。考えたな）

理緒にからかわれたのは少し悔しいが、完全に事実だったし、少しでも二人の苦痛を和らげられるのならば、喜ぶべきことだ。

「確かに。サポート、よろしく頼んだぞ、理緒」

「ん」

こくり、と小さく頷いた理緒がぴんぴんと自分の乳首を指で弾《はじ》き始めたのを見て、竜也は視線を愛衣へと向ける。

「なるだけ、優しくする。痛くないよう、努力する」

「はい。でも、痛くてもいいんですよ？　あなたにいじめられると思うと、むしろ嬉しいくらいですから。……んっ」

男心をくすぐるセリフを言ってくれた唇を、キスで塞ぐ。愛衣と一対一でするのはこれが初めてで、先程のトリプルキスとはまた違う感慨があった。二度三度と軽く触れ合わせるキスをしたあと、ゆっくりと舌を割り込ませる。

「んっ……くちゅ……」

薄く、小さな舌は最初だけびくびくしていたが、すぐに竜也を迎え入れてくれた。舌粘膜同士が絡み合う淫靡《いんび》な水音が、さらに牡欲を高める。

「ぷはっ。……ご主人様のキス、優しくて、素敵でした。……ひゃあぁっ⁉」

唇の次に竜也が狙ったのは、メイド服から飛び出た乳房の頂点だった。ぷくりと膨らんだ鮮やかな色の突起を咥《くわ》え、舐《な》め回す。

（おお、こりっこりだ。しかもかなり敏感だな。……お？）

乳首を責められた愛衣だけでなく、隣の理緒もびくびくと肢体を震わせていた。直接舐められた愛衣ほどではないが、やはり快感は伝わっているらしい。

「ご主人の舐め方、ねちっこい……中年っぽい……アアッ」

憎まれ口を叩《たた》きつつも悩ましげに漏れ出る理緒の声も楽しみながら、竜也は愛衣の左右の乳首をねっとりと責めた。

（さて、と。次はいよいよ……）

こちらの狙いを察したのだろう、愛衣は自ら膝を立て、ゆっくりと左右に開いてくれた。元々短かったエプロンドレスの裾が捲《まく》れ、白い下着が現れる。その薄い布の底には、楕円形の染みがはっきりと浮き上がっていた。

（うっすらとマ×コが透けてる……！）

ショーツをそっと下ろすあいだ、これ以上なく顔を真っ赤にした愛衣は無言だった。

そして、ついに隠すもののなくなった秘所を前にした竜也もまた、興奮と感動で言葉をなくす。

（前に見たときと、全然違う。当然っちゃ当然だが）

子供の頃にはいっしょに風呂に入り、身体を洗った経験も幾度もある。だがそのときは完全に保護者モードだったし、そもそも、愛衣も理緒もまだまだ子供だった。けれど、今は違う。

(もう、完全に女に成長してたんだな、こいつ)

やや盛り上がり気味の肉土手には、意外と濃密なヘアが生えていた。ただ、面積は狭い。その下の陰唇は僅かに左右に捲《めく》れ、色鮮やかな粘膜の色が覗く。

「み、見すぎですよ、ご主人様。わたし、恥ずかしくてどうにかなっちゃいます」

「自分から胸を触らせて俺をその気にさせたのはお前らだろ?」

「そ、そうですけど……ああっ!」

愛衣をもっと羞《は》じらわせたくなった竜也は股ぐらに顔を突っ込み、口唇と指とで愛《あい》撫《ぶ》を始めた。見た目は充分に潤っていたが、なにしろ相手は先日十六歳になったばかりの処女なのだ、ほぐしすぎということはないはずと考える。

「ひっ、ふひっ!? やっ、あっ、ダメです、ダメなんです……ああっ、嘘、ご主人様がわたしのあそこをぺろぺろしてぇ……ひいィッ!」

薄く、色の沈着もほとんどない肉ビラを指でそっと広げ、その奥に隠されていた襞《ひだ》を舐め回す。どこかミルクを思わせる甘ったるい匂いをさせていた昔と違い、今は牝《めす》の発情臭がはっきりと嗅ぎ取れる。

（これ、俺のために濡れてるんだよな）

保護者としての後ろめたさが完全に消えたわけではない。しかし、それを押し流すほどの欲望に駆られた竜也は、激しく舌をくねらせ、這わせ、娘の粘膜を舐めていく。

「あぁぁ、はあっ、んっ、ダメ……そこ、そこはぁ……アアアッ」

初めて経験するクンニ奉仕の愉悦に、愛衣は身体を左右によじる。だが、竜也は愛衣を逃がさず、執拗《しつよう》に娘の女陰を責めつづける。

「あっ、イヤ、ご主人様、わたし、もう、もうダメぇ！　あっ……アーッ!!」

「ンン……ッ！」

（んおっ!?）

ひときわ大きな声をあげて、愛衣の腰が勢いよく跳ね上がった。ほぼ同時に横から聞こえてきたのは、感覚がリンクしている理緒の声だろう。

（俺、こいつらをいっしょにイカせたのか……！）

十年以上も女の肌に触れていなかった竜也にとって、双子姉妹を同時に前戯で絶頂させた事実は、大きな自信となった。その自信によって覚悟が固まり、牡欲も高められた竜也は服を脱ぎ捨て全裸となる。

「ああ……っ」

「……！」

愛衣と理緒の視線が、股間に注がれる。二人が初めて目撃する男の勃起が自分のモノだと思うと、奇妙な達成感と優越感があった。

「愛衣の大事な初めてをもらうぞ」

「はい、この日のために守りつづけてきたわたしのバージン、ご主人様に捧げます。どうぞ遠慮なく奪って、破って、穢《けが》してください……んっ」

切っ先をあてがった狭洞から、緊張と恐怖か、愛衣の震えが伝わってくる。

「大丈夫、心配しないで。姉さんは怖いんじゃなくて、興奮してるだけ。私たちはとっくに覚悟、決めてるんだから、次はご主人様が腹を括《くく》る番」

「……だな」

隣の理緒に頷いてみせると、竜也は愛しい娘を貫いた。

「くうぅッ！」

膣口はしっかりと潤み、ほぐれてもいたため、思っていたほどの抵抗はなかった。

だが、最もエラの張った部分を通すときには、さすがに愛衣も苦悶《くもん》の表情を浮かべる。

「愛衣……！」

竜也は愛衣の涙に濡れた顔を見つめたまま、強引にペニスを押し込んだ。一番太い亀頭が通ったあとは、驚くくらいスムーズに結合が進む。

「あっ、あっ、ご主人様……んんんんっ！」

そしてついに、肉棒のすべてが膣道を埋め尽くす。

「く……！」

温かく、狭く、湿った蜜壺《みつつぼ》は、思わず声が漏れるほどの心地よさだった。

（というか、ゴムしてねえ！　なに、ナマで挿《い》れてんだよ、俺！）

慌てて引き抜こうとした刹那、竜也の腰になにかが巻きつけられた。オーバーニーソックスに彩られた、愛衣の両脚だった。

（ご主人様、今、抜こうとした。せっかく繋がれたのに。一つになれたのに。あなたにわたしの処女をようやくあげられたのに……っ）

破瓜《はか》の痛みと初体験の歓喜、その両方で涙に濡れた目で、愛衣は竜也を見上げる。

いや、睨む。

（どうせ今さらゴムを着けようとか思ったんでしょうけど、逃がしませんよ。わたしたちがあなたをその気にさせるため、どれだけの準備をしてきたか……！）

愛衣も理緒も、竜也の子を孕《はら》むことになんの躊躇《ちゅうちょ》もない。むしろ歓迎だ。しかし、さすがにまだ自分たちが若すぎるのも理解している。そのため、こうして安全な日に作戦を決行したのだ。念のために薬も用意してある。

「ご主人様、逃げちゃダメ。私も姉さんも大丈夫な日だから、我慢も遠慮もしないで平気。十年間我慢しつづけたケダモノの欲望を今こそ発散するとき」

「十年も我慢してねえよ！　俺をロリコンにするな！」

傍らの理緒の言葉に対し、竜也が本気で焦った顔で弁解する。もちろん、理緒も本気で言ったわけではない。これは愛衣たちの作戦だ。

「だったらご主人様は、いつからわたしたちを女として見始めてくれたんです？　こんなふうに犯したいと思い始めたんです？」

狙いどおりの展開に内心でにんまりしつつ、愛衣は竜也を問い詰める。竜也がいつ頃から自分たちを意識したのかは、姉妹にとってずっと知りたい点だったのだ。

「わ、忘れたよ」

「でしたら、ご主人様はやはりロリコン確定ですね。わたしたちのおっぱいがまだつるぺたで、オマ×コもつるつるだったときから狙ってたと判断します」

「……お、一昨年《おととし》だよ。一昨年の夏くらいに、お前らが妙に薄着なときがあって、それ以来、その……」

誤魔化しきれないと観念した竜也のこの告白に、愛衣は傍らの妹を見る。理緒もこちらを見て、小さく笑う。自分たちをアピールするための薄着作戦が成功していたとわかったのが嬉しいのだ。

「JCのときよりもさらに成長したわたしの身体、いかがですか？　わたし、ちゃんとご主人様に喜んでいただけてますか？」

愛衣は軽く胸を反らし、女になったばかりの身体をアピールする。

「ああ、もちろんだ。気持ちよすぎて、どうにかなりそうなほどにな」

「いいんですよ、わたしたち相手ならなにをしても。我慢なんてしないでください」

脚を巻きつけたまま踵《かかと》で竜也の腰を軽く引き寄せる。意図したわけではないが、開通したばかりの膣道がきゅっと窄《すぼ》まったのが自分でもわかった。

(まだちょっと痛いけど、このくらいなら大丈夫)

もう一度横の理緒を見ると、こちらを凝視しながら、胸と股間をまさぐっている。

姉の処女喪失の痛みを和らげるのが目的のはずだが、今はもう、純粋に己の肉欲のままオナニーをしているだけらしい。

（ごめんね、理緒。でも、あなたにも伝わってるでしょう？　ご主人様の逞《たくま》しいオチ×チンがオマ×コに埋まってる感触が）

愛衣と理緒にとって幸運なことに、共有される感覚は大半がポジティブなものに限定される。つまり、痛みや苦しさは伝わらず、純粋に心地よさや気持ちよさだけが相手へと伝わるのだ。

（あん、理緒ってば、本気のオナニーしてる。わたしとご主人様の初エッチをオカズに、思い切り乳首しごいて、ぱんぱんのクリ、いじってる）

同一遺伝子を持つ妹が得ている快楽が、処女喪失の痛みを打ち消しつつあった。

「愛衣、動くぞ」

「はい、ご主人様。……ああっ」

愛衣のそんな様子を見て安心したのだろう、いよいよ竜也がピストンを開始した。まったく痛くないわけではないが、妹のサポートのおかげか、最初から淡い快感があった。

「理緒も、いっしょにするぞ」

「え？　ご主人様、なにを……ひゃうん！」

屹立《きつりつ》を数往復させたところで、不意に竜也が理緒のスカートの中に左手を潜らせた。

(んんっ！　あっ、ご主人様、理緒のオマ×コを触ってる……わたしを抱きながら、理緒も可愛がってくれてるぅ)

妹が得ている快楽が追加で伝わってきたことで、ほぼ完全に痛みが消えた。

「どうだ、二人とも。痛かったりイヤだったりしたら、我慢せずに言えよ？」

「いいえ、いいえ。凄く幸せで、気持ちイイです……はあぁっ！」

「わ、私はちょっと痛いくらいのほうが好きだから、もっと激しくしても平気……あうッ！」

竜也の抽送のギアが上がった。硬い肉の銛《もり》で媚壁を擦られ、膣奥を小突かれるという未知の刺激に、愛衣は甘い声を漏らす。また、理緒への責めも強まったらしく、妹から伝わってくる快感も急激に高まってきた。

(ご主人様、理緒のクリ、いじめてるっ。ああ、理緒ったら、両手で自分の乳首、ひねったり引っ張ってるぅ！)

理緒は秘所を竜也に任せ、自分は胸への愛撫に専念したようだ。これにより、愛衣は左右の乳首、陰核、そして膣道の三カ所から快楽を得られる。当然、最も大きいのは実際に愛衣を貫いているペニスがもたらすものだ。

「はっ、んんっ、んんっ、ご主人、様ぁ……あはっ、あっ、これ、硬い、です、太くて、熱くて、逞しくてぇ……んっ、はっ、はうン！」

開通の痛みが消えたあとに残ったのは、純然たる気持ちよさだった。自慰で得られるそれに比べて重く、深く、甘い肉悦に、十六歳の女体が蕩《とろ》けていく。

「無理はしてないな？」

「はい、もう、気持ちよくなってますよお……はあぁ、イイ、イイです、ご主人様のオチ×チン、たまりません……アアッ！」

正直に感想を口にしたとたん、膣内の剛直がさらに反り返り、回転数も上がった。自分のセリフに竜也が昂《たかぶ》ったのだとわかり、愛衣の胸が歓《よろこ》びで満たされる。その歓びは女体の感度を引き上げ、さらなる愉悦を愛衣に与えてくれた。

「ぐっ、さらに締まる……!?」

愛おしげに肉棒を包み込む蜜壺の蠢《うごめ》きに、竜也が呻《うめ》く。愛する男を悦《よろこ》ばせている事実に、愛衣の心と身体はどんどんと溶けていく。

「あっ、あっ、ああんっ！　凄いんです、ああ、自分でするのと全然違うんですぅ！はっ、はひっ、ひっ、もう痛くないんです、気持ちよすぎて、びくびくが止まらなくなってますぅ！」

エプロンドレスに包まれた若い肢体が、四十一歳の腕の中で身悶《みもだ》える。

（嘘、もう、ホントに痛くない……気持ちイイのだけが残ってるよぉ！　ご主人様がわたしの中を行ったり来たりするたびに、お腹《なか》の奥が切なくなって、重くなって、熱くなって、声が勝手に出ちゃうぅ……！）

己の身体の中に、愛しい男の一部が出入りしている。繋がっている。一つになっている。そう思うだけで全身が粟立《あわだ》つくらいの感動が走る。オナニーでは絶対に触れない深い場所を突かれ、叩かれ、抉《えぐ》られるたびに、鮮烈な快楽に満たされていく。

「ああ、姉さんばっかり、ずるいぃ……私も、私のオマ×コももっといじめて、ご主人様っ！　アアッ、そこ、そこ好き、クリ、ぐりぐりされるの、たまんない……ッ」

姉の法悦が伝わったのだろう、隣では妹が切なげに腰をくねらせ、切羽詰まった声で竜也に牝豆嬲りをせがんでいた。

（シンッ！　ご主人様ったら、こんなに理緒のクリをいじめてるんですか!?　あっ、あっ、そんなふうに皮を剝《む》いて、根元をしこしこするなんてダメです、気持ちよすぎて、腰、へこへこしちゃいますってばぁ！）

実際に貫かれている蜜壺に、理緒がされているクリ責めも加わり、愛衣の腰が自然と浮き始めた。つい先程まで処女だったはずの肢体が、勝手に淫らな反応を示すのを止められない。

「ふっ、ふひっ、んふっ、ふーっ、ふぅーっ！」

積極的に竜也の寵愛《ちょうあい》を求めはしたものの、愛衣に羞じらいの感情がないわけではない。そのため、初めてのセックスにもかかわらず、男根を求めるように腰を動かすことに対して、強い羞恥を覚えた。

（初めてなのに、いきなりこんなっ……ご主人様に淫乱な女の子って誤解されちゃうのにぃ！）

性的な行為に強い興味を抱いている自覚はあるし、それが悪いとも考えていない。けれど、処女を捧げた直後からいきなり腰を揺らしては、竜也に軽蔑されるかも、と思ったのだ。

「はっ、はっ、ご主人様のオチ×ポ、強烈っ。指マンも、最高に感じちゃう。あっ、あっ、もっとして、もっと激しく理緒をいじめて、ご主人様っ！」

急激に高まる快感を懸命に抑え込もうとする愛衣の気も知らず、理緒は大きく股を開き、尻を浮かし、積極的に竜也の指による愛撫を貪っていた。

（ちょっと理緒、なにしてるの⁉　あなたがそんなに気持ちよくなったら、わたしまでよがっちゃうのよ⁉）

隣でへこへこと腰を上下に揺らす双子の妹を睨みつけてやるが、理緒は姉などまったく眼中になく、濡れた瞳で竜也を見つめていた。それは恋をし、発情した女の顔だった。そして間違いなく、今、自分も同じ顔をしているのだと愛衣は思う。

「ご主人様、キス、キスしてくださいっ」

竜也にキスを求めたのには、三つ理由があった。一つ目は、唇を塞いでもらうことで少しでも嬌声を減ずるため。二つ目は、妹ではなく自分に集中してもらうため。最後は、キスをしていれば竜也にこの発情した顔を見られないで済むと思ったためだ。

だが、この策は悲しいほどに裏目に出た。

「んっ、ふっ、ふっ……んん……くちゅ……くちゅ、ちゅ、むちゅ……れろっ」

愛衣のリクエストに応じてくれた竜也のキスは、甘く、深く、激しかった。分厚い舌がぬるりと潜り込み、口内をくまなく舐め回されるたびに、興奮が増していく。ディープキスの破壊力を、身をもって思い知らされる。

(あっ、あっ、ご主人様、イヤっ、わたしのべろ、あんまり強く吸わないでくださいっ。涎《よだれ》、そんなに啜《すす》らないでください、恥ずかしいですよおっ)

ずっと好きだった父親代わりの男に舌を吸われ、玩ばれ、唾液を飲まれる嬉しさと恥ずかしさに、愛衣はより昂ってしまう。しかも、竜也はキスの最中も目を瞑らなかったため、さらに蕩けた顔を至近距離で晒《さら》すはめになった。

「ぷはっ……はあぁ、ご主人様のキス、凄すぎですよぉ……ああん、こんなチューされたら、わたし、わたしぃ……はああぁっ！」

キスの最中もまったく止まらなかったピストンによって、女体はもう、アクメ寸前まで押し上げられていた。ほんの十分前はまだ処女だったのが嘘のように結合部からは白濁した愛液が溢《あふ》れ、抽送に合わせて卑猥《ひわい》な音を響かせる。

「お前らだって、凄いぞ。愛衣も理緒も、俺のチ×ポと指をこんなに締めつけてるじゃないか。二人とも、最高だ」

雄々しい腰遣いを繰り出す竜也は、汗まみれだった。十年間、いっしょに暮らしてきた愛衣も初めて見る竜也の牡の顔に、下腹部の奥、子宮が切なく疼《うず》く。

（はうん！　ご主人様、こんな顔するんですね……！　ああっ、ダメ、もうイッちゃいますってばぁ！）

たとえ淫乱と思われてもかまわない、とにかく弾けたい、イキたいと思ったその寸前、隣の理緒が先にオルガスムスを迎えた。

「ひんっ、ひっ、ダメ、ご主人ひゃま、あっ、クリ、くりくりらめっ、イッちゃう、私、姉さんより先にイク、イック……ひいぃっ！」

妹の絶頂はすなわち、竜也が自分を突き、キスをしているあいだもしっかりと理緒への愛撫を続けていた証《あかし》だ。双子のどちらも等しく愛してくれる竜也らしいと嬉しくなる反面、今くらいは自分を優先してもいいのに、などとも思ってしまう。

(わたしたちを平等に扱ってくれるのはいいですが、でも、まずは処女を捧げ、ベロチューしてるわたしを先にイカせてくれてもよくないですか!?)

ふだんは大人びた言動の目立つ愛衣も、先日十六歳になったばかりの少女だ。子供じみた独占欲やワガママな感情も当然、内包している。

「ずるいずるいずるいですっ、ご主人様、今はわたしを、愛衣だけを見ててくださいっ！　抱いてください、犯してくださいませっ！」

妹から伝わってくる愉悦を受け止めつつ、ずっと巻きつけたままの脚に加えて、両手を竜也の背中に回し、しがみつく。射精するまでは絶対に逃がさない、離さないという愛衣なりの意思表示だった。

「すまなかった、愛衣」

そんな愛衣の想いをすぐに理解したのだろう、竜也もまた、逞しい腕でメイド少女を強く抱きしめてくれた。

(ああ、ご主人様にのしかかられてるぅ……男の人の重みって、こんなに嬉しいもの

なんだ……あっ、あっ、さっきより奥に届いてる、オチ×チンで子宮にキス、されてるっ）

理緒のアクメの影響か、あるいは完全にペニスに馴染《なじ》んだせいか、子宮の位置が降りていた。その分、亀頭の存在を強く膣奥に感じる。淫猥で濃密なキスに、いよいよ快感曲線が急上昇を描く。

「はっ、はっ、はっ、イク、イキます、わた、わたひ、オマ×コ、溶けひゃいますぅ！　アーッ、アァーッ！」

甘美な愉悦に呂律《ろれつ》が怪しくなる。自慰ではとうてい至れなかった高みに押し上げられ、本能的な恐怖に襲われる。

（気持ちイイ、気持ちイイ、でも、気持ちよすぎて怖い……！　腰から下の感覚がなくなってる……ああ、なにこれ、身体がばらばらになっちゃいそう……!!）

竜也の背中に爪を立てていることにも気づかぬまま、愛衣は初セックスでの初アクメへと昇り詰めていく。竜也の怒張が一往復するたびに急速に、確実にオルガスムスが近づいてくるのがはっきりとわかる。

「ご主人様、姉さん、あとちょっとでイクよ」

いつの間にか竜也の背後に回っていた理緒のこの言葉に、ピストンのギアがついにトップに入った。ずっと溜《た》め込んでいた獣欲をぶつけんばかりの荒々しい突きに、愛衣の膣壁が抉られ、子宮が揺さぶられる。

「愛衣、愛衣、愛衣っ！」

「ごひゅ人様っ、好き、好き、しゅきぃっ！　アアッ、来て、来て、愛衣のオマ×コ、思い切り突いてぇぇっ！　ひぃィッ!?」

そう叫んだ愛衣の膣奥に、強烈な一撃が加えられた。そして開くわけのない子宮口に勃起が押しつけられるや否や、灼熱《しゃくねつ》のマグマが発射される。

（これって……これってご主人様の精子……!?）

愛しい男の子種を注がれたと気づいた刹那、視界にちかちかと星が瞬くほどの衝撃と、未知の法悦が愛衣を包み込む。

（な、なに……知らない、わたし、こんなの知らない、初めて……!!）

それが本物のオルガスムスだと理解したときにはもう、愛衣は痙攣《けいれん》し、絶叫していた。

「アーッ！　アーッ！　ひっ、ひっ、ひぃーッ！　イク、イク、イッてまひゅ、ひっ、らめっ、あああぁッ!!」

悦びを極めた女の最深部に、次々と濃厚な精子が浴びせかけられる。

(まだ出てるっ、ご主人様のが、いっぱい、いっぱい……！)

強すぎる快感に支配され、身体が動かない。十六歳のメイド少女はただただ震え、自分を貫き、種づけする男にしがみつくしかできない。

「ふひっ、ひっ、らめっ、奥が、奥が溶けひゃうぅ……ひっ、ひっ……ひぃィッ！」

波濤《はとう》のように押し寄せる女悦を前に、竜也の背中を引っ掻《か》き、両脚で腰を挟んだまま、愛衣はただただ泣き、震えつづけるのだった。

(姉さん、凄く気持ちよさそう。嬉しそう。幸せそう。羨ましい。いいな。私もあれくらい激しくご主人様に愛されて、犯されて、いじめられたい)

生まれ落ちる前からずっと隣にいた姉が初めて見せた緩みきった顔に、理緒はこの次は自分なのだと昂る。

(ああ、お腹の奥がぽかぽかしてきた。これがご主人様の精子なんだ……)

感覚共有で伝わる下腹部の温かさがさらに期待を煽《あお》るが、理緒は動かない。いや、動けない。

(ご主人様、早く命令して。私に、理緒に指示を出して。股を開けでもオマ×コくぱぁでもフェラしろでも跨《また》がれでもなんでもいいから、早く)

たとえ一卵性双生児であっても、無論、まったく同じというわけではない。たとえば理緒も愛衣も学校ではずっと優等生でありつづけてきたが、細かい点が異なる。

竜也を落とすための今回のメイド計画もそうだが、なにか行動を起こすのは、決まって姉だった。理緒は、そんな姉のサポート役に回ることが多い。愛衣は行動力がある反面、周囲が見えていないときも多々あるためだ。

（ううん、姉さんでもいい。次はあなたの番とか、ご主人様に私を犯せと促してくれてもいい。だから、早く指示をちょうだい）

どんどん先に進む愛衣の補佐をできるだけの優秀さを持つ反面、理緒は自らの判断で動くのを苦手としていた。基本的に、なんでも受けの姿勢なのだ。

「理緒、次はお前だ。こっちに来い。今さら逃げようったって、許さないぞ」

そして、そんな姉妹の違いを本人たち以上に熟知している竜也が、ついに欲しかった言葉をかけてくれた。

「わかってる。逃げないよ。私たちはご主人様の女になるためにメイドになったんだから。……というか、ご主人様こそ逃げないでよね。ＪＫ姉妹の処女をまとめて奪っておいて責任取らないとか、ありえないんで」

竜也を睨むのはにやける顔を誤魔化すためだし、憎まれ口を叩くのも照れ隠しだ。

「逃げるつもりなら、お前らに手を出したりしない。こうなった以上、二人とも俺の女にする。覚悟しておけ」

（はうン！　いつもはヘタレのくせに、今日のご主人様、凄くイイ……！）

たまに見せる竜也の強気な一面に胸と下腹部をきゅうん、と疼かせつつ、理緒は布団に仰向けに寝転んだ。晒したままの乳房の頂点は、期待と興奮とで浅ましいくらいに尖っている。

「ご主人様、わたしと同じじゃダメですよ。あと、もっと強い口調で、ちょっと乱暴なくらいのほうがあの子は喜びます」

（姉さん、またよけいなことを。……まあ、言ってることは間違ってないけど）

愛衣のアドバイスを受け、竜也はこう続けた。

「ああ、わかってるさ。……理緒、違う。仰向けじゃなくて四つん這いになれ。俺に尻を向ける格好だ。お前はバックから犯してやる」

「……！　わ、わかった。ご主人様の命令には、逆らえないし」

正常位で初めてを捧げた姉とは別の体位を命じられただけでも嬉しいのに、優しい竜也らしからぬ強い言葉を選んでくれた事実がさらに理緒を喜ばせた。

（しかもバック……動物みたいな格好で初体験……っ）

己がマゾ気質と自覚している理緒にしてみたら、かなり理想に近い。

「こ、こう？　メイドにこんな恥ずかしい体位させて無理矢理夜伽させるとか、私たちのご主人様、ホントに鬼畜」

嬉々《きき》として四つん這いになった理緒は、くいくいと尻を振って竜也を煽る。早口になっているのは、興奮のためだ。

（早く、早く、早くぅ……ああっ！）

ただでさえ短いエプロンドレスのスカートが一気に捲られた。ショーツはすでに脱いでいたため、ゆで卵を思わせるヒップと、卑猥にひくつく花弁が露になる。

「……凄いな」

竜也がぽつりとつぶやく。

（す、凄いって、なにが!?　そんなに濡れてる!?　いや、確かに濡れてるけど！　でもそれは、あなたがいっぱいいじったせいだし!?　特にクリトリスを散々いじめたくせに！　皮を剝いて、散々嬲ったのはご主人様でしょ!?）

マゾの素養がある一方で十六歳らしい乙女心も併せ持つ理緒の全身が、羞恥で真っ赤に染まる。剝き出しの秘所に感じる竜也の視線に、心臓が早鐘のように脈打つ。

「み、見ないで、ご主人様。恥ずかしい」

口ではそう言いつつも、理緒は捲られたスカートを決して下ろさない。それどころか軽く尻を持ち上げ、左右に揺すり、竜也に見せつける動きすらする。

（あっ、あっ、見てる、ご主人様、すっごく見てる……ううん、私のオマ×コ、視姦してる……目で犯してきてる……ッ）

脚が勝手に左右に開き出すのを止められない。そして、勝手に開くのは脚だけではなかった。

「んっ……！」

くちゅり、と湿った音とともに、小陰唇が左右に捲れたのがわかった。発情した処女の粘膜に空気が触れるのがはっきりと感じられる。

（なにもしてないのに、勝手にオマ×コがくぱぁってしちゃってる……私、まだ処女なのにぃ）

自らの淫らさを意識することで、さらに興奮が増す。狭い膣口が蠢き、そのたびに愛蜜が分泌されていく。

「理緒、覚悟はいいな？」

男を迎え挿れる準備を完璧に整え終えた牝穴に、いよいよ待ち焦がれたモノがあてがわれた。姉の純潔を奪ったばかりの肉銛で自分も犯されるのだと想像するだけで秘肉が蠢き、新たな淫汁が溢れ、内股を伝い落ちていく。

「覚悟なんて、もうずっと前からできてる。だから早くご主人様の女にして。私の処女マ×コ、早く中古にして。ご主人様専用の穴に躾《しつ》けて……ううっ！」

敢《あ》えて淫語を使って竜也を誘った直後、ついにその瞬間が訪れた。

（来た……オチ×ポ、太い……おっきい……硬くて熱い……ッ）

指とはまるで違う異物が、めりめりと膣口を押し拡《ひろ》げながら侵入してきた。恐怖も痛みもある。けれど、それ以上の歓喜があった。

（痛い……苦しい……でも、嬉しい……やっと私、この人と繋がれる……！）

「理緒の初めて、俺が全部もらうぞ」

「んん……あっ……はあああぁ!?」

セリフで心まで蕩かされた刹那、理緒の膣道に勃起がすべて収まった。巨大な塊で全身を貫かれたかのごとき圧迫感と激痛に、視界が涙で滲《にじ》む。けれど、ネガティブな衝撃はこの一瞬だけだった。

「んひっ!? あっ、奥、届いてる……？ こ、これ、子宮……？ 私の一番奥、ご主人様にキス、されてる、の……？」

自分では届かない場所を触れられたと同時に、破瓜の痛みも苦しみも消え去った。

正しくは、それらが気にならなくなるほどの喜悦が理緒を包んだのだ。

「くっ、ちょっ、めちゃくちゃ締まる……うぅっ！」

背後の竜也の声も、理緒を喜ばせた。ずっと好きだった男を自分が呻かせている事実に、女としての自尊心が満たされる。

（ああ、ご主人様のオチ×ポが、私の中で跳ねてる。気持ちイイんだ？　私の開通直後のオマ×コで、気持ちよくなってるんだ？）

粘膜同士の接触によって伝わるペニスの拍動に、理緒はますます昂る。純潔を喪《うしな》ったばかりの蜜襞は早くも淫猥な蠕動《ぜんどう》を開始し、破瓜の血を洗い流す勢いで大量の愛液を分泌する。

「ご主人様、私のオマ×コの感想はいかが？　実の娘のように育ててきた女をメイドにして、バックでケダモノみたいに犯せて、満足？」

再び卑猥な言葉を駆使して、竜也を挑発する。当然、このあと激しく突いてもらうのが狙いだ。

「ふん、なかなかいい気分だぞ。なにしろ二年も禁欲してきたわけだしな」

それがわかっている竜也も、見えみえの誘いに乗ってくれた。理緒の面倒な性格をきちんと把握してくれているからこその対応だ。

「姉さんに一発出しただけじゃ、全然物足りないでしょ？　いいよ、私の新品オマ×コも好きなだけ使って。メイドのマ×コは、ご主人様にご奉仕するための穴なんだから……あふうゥッ！」

待ちに待った抽送が始まった。逞しい手でがっちりと腰骨をつかまれたうえでの、力強い突きだ。

(処女膜破られた直後なのに、いきなり激しすぎぃ！　しかも、逃げられないように腰を固定してからのピストンっ！　鬼、鬼、私のご主人様、ケダモノ、鬼畜ぅん！)

もし理緒が痛がったり苦しがっていたら、竜也は絶対にこんな荒々しい真似はしなかったはずだ。蜜壺が十分にほぐれ、潤み、動いても大丈夫と判断したがゆえの腰遣いなのは、理緒が一番わかっている。

「ふっ、ふっ、ふううぅッ！　くっ、うぅっ、あっ、凄っ、はあぁぁっ、嘘、深い、奥、ごんごん当たってぇ……あああぁ!!」

初体験にもかかわらず、痛くない。痛いどころか気持ちイイ。それも、声が抑えられないほどの鮮烈な快楽だ。

「理緒ったら、初めてなのに感じすぎじゃない？　そんなにご主人様のご寵愛が嬉しいの？」

ちゃっかり竜也に背後から抱きついていた愛衣が、竜也の肩越しにこちらを見て、羨ましげに言う。

(どの口が言うの!?……ずっと好きだった男の人に抱かれて嬉しくない女なんていないし!……あうっ!?)

秘所と子宮以外の場所にも、快感が走った。発信源は、乳房だった。

「ああん、羨ましいですぅ……ご主人様ぁ、理緒の次は、またわたしを可愛がってください。もう一度、愛衣の子宮をたぷたぷにしてくださいませぇ……あン」

妹の処女喪失シーンを見て再び発情した愛衣が、竜也に胸を押し当て、擦りつけているようだった。男の硬い背中に潰され、擦れた柔房と乳首が生み出す愉悦が、双子のリンクで理緒のバストに伝播《でんぱ》してくる。

(ちょっと、なにしてるの!?　今は私がご主人様としてるのに!　姉さんはさっきしたばかりでしょ!?　あっ、あっ、ダメ、乳首、くりくりしちゃダメっ!)

姉と同様、豊かに育った乳房全体に、甘美な悦びが広がっていく。そんな胸乳が突然、鷲《わし》づかみにされた。竜也が理緒に覆い被《かぶ》さり、メイド服からこぼれた美巨乳を揉みしだき始める。

「はうン!?　んあっ、あっ、ダメ……くっ、おっぱい、今はダメ……ひっ、ひうっ、はあああぁーっ！」

幼い頃、優しく頭を撫でてくれた大きな手のひらで、すっかりたわわに実った膨らみを玩ばれる。それは養父に恋した少女にとって、最高の愛撫だった。

（嬉しい、嬉しいっ……ご主人様、ちゃんと私のおっぱいに発情してくれてる、オチ×ポ、さらに硬くなってる、ピストン、どんどん激しくなってるぅン！）

高速で往復する怒張に膣洞が抉られる。牝を穿《うが》つための禍々《まがまが》しい形状をした亀頭で子宮を揺さぶられる。豊乳を握られ、揉まれ、その先端で浅ましく勃起した尖りをしごかれる。そのどれもが、理緒にとっては極上の刺激だった。

「ひっ、ひっ、んひっ、ひぃっ！　あっ、凄っ、凄い、しゅごいのぉ！　あっ、嘘、こんなっ、あっ、初めてらのに、バックで犯されてるろに、気持ち、イイ、イイの、たまんないのぉ！　あーっ、あーっ！」

シーツをぎりぎりと握りしめ、ニーソックスに包まれたつま先をぎゅうっと丸め、だらしなく涎を垂らしながら、理緒はオルガスムスに続く階段を昇り始めた。

「か、噛んでぇっ！　ご主人様、私のこと、がぶってしへえっ！」

強烈な肉悦に脳を灼《や》かれた理緒は、無意識に叫んでいた。交尾中の牝猫が牡に首筋を噛まれているのを見て以来、心の奥底にずっと抱きつづけてきた願望だった。

（ああっ、私、なにを言って……ひっ⁉）

自分の出した声で我に返ったそのとき、うなじに痛みが走った。背後の竜也に嚙まれているのだ、と理解したと同時に、痛みは法悦に変わる。

「あうぅッ！　ひっ、イヤ、ご主人様、ケダモノっ……あっ、あっ、あーっ‼」

随喜の涙を流しつつ、媚《こ》びた声で背後の竜也を罵る。無論、それが本心でないことはこの場にいる全員が理解している。

「ご主人様、理緒にばっかり甘すぎませんか？　わたしのときも、そのくらい積極的にいじめ可愛がってほしかったんですけど？」

羨み、拗《す》ねる姉の声が優越感をくすぐり、さらに理緒を滾《たぎ》らせた。これが初体験とは思えぬほどに子宮が熱を帯び、膣壁が卑猥に蠕動し、白濁した本気汁が結合部からぽたぽたと垂れ落ちる。

（ご主人様、私を逃がしたくないんだっ。首根っこを嚙んで、牝メイドを孕ませたいんだ……！）

自分は今、猛々《たけだけ》しい牡猫に組み敷かれた憐《あわ》れな子猫だと想像しただけで、全身に快楽が駆け抜けた。ずっと揉まれつづけている乳房が芯から蕩け、乳首とクリトリスはこれ以上は無理なくらいに勃起しきっている。

「ひっ、ふひっ、ひっ、ダメ、あっ、ダメ、もっ、イク、イクってばぁ！　はあぁンン！」

双子の感覚リンクを使えば、初めてでもある程度の痛み軽減は可能なはずと姉とは話していた。もしかしたら、最初から気持ちよくなれるかも、という期待もあった。だが、まさか初体験でここまでの愉悦を得られるとは、嬉しい誤算だった。

（いきなり娘を、メイドをイカせるとか、さすが私たちのご主人様っ。あっ、ダメ、ダメダメダメ、これイク、牝猫にされてイク、イッちゃうぅっ！）

理緒のアクメが近いのを粘膜で感じ取ったのか、竜也がラストスパートに入った。理緒を気遣いつつも男の欲望を隠しきれない力強いピストンに、十六歳の子宮が揺さぶられる。

「あっ、あっ、イク、イク、イグぅ！　ご主人様、嚙んで、もっと強く、強くぅん！ひぎっ、ひっ、ヒィーッ!!」

理緒の求めに応えたのか、あるいは射精が近づいて無意識に力が入ったのか、うなじに歯がさらに深く食い込んだ。好きな男に求められている、貪られている実感と幸福が快感と結びつき、理緒はついにオルガスムスを迎えた。

「イク……イック……はあぁあああぁあっ!!」

猫が伸びをするように背中を大きく湾曲させ、尻を後方に突き出しながら、達する。

「くっ……ぐうぅッ！」

ほぼ同時に竜也が、射精トリガーを引いた。エクスタシーに蕩けた直後の子宮に精液を浴びせかける、女にとっては最高に凶悪なタイミングでの一撃だった。

（はうぅっ！　来た……ご主人様の精子、来た……いっぱい出てる……ぅっ！）

凄《すさ》まじい法悦に、エプロンドレスに包まれた若い女体の痙攣が止まらない。

「んひっ、ひっ、ひあっ、あっ……しゅごっ……気持ち、イイ……らめ……こんらに出されたら、またイク……続けてイッちゃ……アァァッ！」

先程の姉同様に、膣内射精で連続アクメに至る。子宮だけでなく、思考までが真っ白に埋め尽くされるほどの至福の瞬間だった。

（これ、凄い……初めてなのにこんなの教えられたら、もう、ご主人様から離れられなくなっちゃうよお）

絶対に逃がさない、離れないと、開通直後の狭洞で愛しい男のペニスを締めつけたまま、理緒は改めて決意を固めるのだった。

第二章　お風呂でぬるぬる洗体奉仕

大型連休の前後で、竜也の生活はまるで別物となった。

（もう朝か……起きないと……弁当と朝食作って会社行かないと……だが眠い……）

早起きはこの十年間、変わらない。成長期の愛衣と理緒の食事と睡眠時間を確保してやることが、竜也にとって最低限の、そして絶対のルールだったからだ。

最近は年齢のせいか早起きがいくらか楽になったと思っていたのだが、今はまた、朝のつらさが戻ってきた。身体が睡眠と休養を欲するようになったためだ。

「ん……ご主人様、おはよおございまふ……あふ」

「もう、朝ぁ？……うー、眠い……」

竜也の疲労の原因である双子姉妹が、気怠《けだる》げに起き上がる。この二人はなぜか子供の頃から竜也の使い古したシャツをパジャマ代わりにしているのだが、十六歳になった今だと、やたらと煽情的《せんじょう》だ。

「お前ら、せめてボタンはしっかり留めろよ」

「寝てるとき、胸が苦しいんですよお」

「それだけ私たちのおっぱいが育ったということだから、ご主人様は喜ぶべき」

「苦しいなら、普通にパジャマ着ろって」

「ご主人様の匂いに包まれたいって乙女心、わかってませんねえ。すんすん」

愛衣はシャツの裾に顔を埋め、匂いを嗅ぐ。

「何度も洗濯したんだ、俺の匂いなんてもう残ってねえだろが」

「ちょっと前まではそうだったけど、今は毎晩密着して寝てるんだから、ちゃんとご主人様の匂い、するよ。くんくん」

理緒も姉と同じように匂いを嗅ぎ始める。双子に自分の体臭を嗅がれている気分になり、竜也は落ち着かない。四十一歳、己の匂いが気になるお年頃なのだ。

「や、やめろって。いや、やめてください、二人とも。お願いだから」

万が一、彼女たちに「くさい」などと言われたら、甚大な精神的ショックを受けるのは確実だ。

「イヤです。わたしたちメイドの朝はご主人様の匂いを嗅ぐことから始まるんです」

「ご主人様が悪いんだよ？　私たちが中学生に上がると同時に、いっしょには寝られないとか言い出して」

シャツに顔を埋めたままの愛衣と理緒が、恨めしげにこちらを見る。

「普通はさ、もっと早く自分の部屋が欲しいって思うもんだろ。おっさんと川の字になって寝たいなんて女の子のほうが普通じゃないんだって」

「でも、ご主人様だって、ホントはわたしたちといっしょのほうが嬉しかったですよね？」

「そりゃまあ……娘たちに慕われたいってのは、男親の共通の夢だしな」

「よかったじゃない。その夢が今、叶《かな》ったんだから」

「いや、俺はこんな淫夢は望んじゃいなかった……」

メイドとなった双子に流されまくり、男女の関係になってすでに五日が経過していた。相も変わらずメイドを続けている二人は「ご奉仕」「夜伽」と称して竜也に迫り、そして竜也はことごとく、その誘惑に屈していた。全戦全敗である。

「ご主人様はそうして毎朝後悔してますねえ。そろそろ諦めたらいかがです？」

「夜のご主人様は嬉々として私と姉さんを貪ってるじゃない。昨晩だっていっぱい中出ししたんだし、もう、観念したらどう？」

「わかってる。頭ではもうわかってるし、責任取るつもりでいるんだが、まだ完全には気持ちの整理が……っ」

二人を抱いたのは、確かに劣情に屈したためだ。が、愛衣と理緒を女として愛しく思っていたのもまた、事実なのだ。それでもまだ吹っ切れないのは、親代わりの意識が残っているせいだ。

「別にいいですよ、のんびりと覚悟を決めてください」

「なにしろ私たちにはたっぷり時間があるんだから。……あ」

「ん？　どうした、理緒」

竜也の問いに、理緒は無言で壁に取りつけた古い時計を指さす。

「おおっ、もうこんな時間か。おいお前ら、さっさと起きて布団を畳めっ。俺はメシの支度をする！」

それは、二人がメイドになる以前と変わらない、騒がしくも幸せな朝の風景のままだった。

（つ、疲れた……なんでいつも、俺が帰ろうとするタイミングで仕事を持ってきやがるんだ……！）

最寄り駅から自宅までの数百メートルがひたすらに遠く感じるのは、終業間近になって押しつけられた残業のせいだ。名前だけの管理職のため、いくら働いても残業代が出ないのがさらに疲労感をアップさせていた。

「ただいまー」

「お帰りなさいませ」

「お帰りー」

「うおっ⁉」

帰宅した竜也を、愛衣と理緒の二人が迎えた。これ自体は昔と変わらない。竜也がやらなくていいと言っても、この双子はいつもこうして出迎えてくれるのだ。もちろん、竜也としては嬉しい。

「なんですか、うおってのは」

「失礼なご主人様だね。こんなに可愛い双子メイドが揃《そろ》ってお出迎えしてあげてるってのに。なにか不満が？」

「違う違う、まだお前らのその格好に慣れてなくてびっくりしただけだ」

姉妹がエプロンドレスを纏うのは、自宅内だけだ。本当は家の外でもメイドの格好をしたいらしいが、近所の目もあるので、それは必死に頼んでやめてもらった。

「わたしたちがメイドになって、もう五日ですよ？　いい加減、慣れてください。えいっ」

そう言って愛衣が、その場でくるりと回る。メイドターンと呼ばれているものらしいが、ただでさえ短いスカートが浮き上がり、下着が見えるので目の遣り場に困ってしまう。

「あ、姉さんだけずるい。私のおパンツも視姦してよね、ご主人様。えいっ」

姉に負けじと、理緒もメイドターンを見せてくる。愛衣よりも回転速度があったせいか、エプロンドレスの裾が完全に捲れ上がった。当然、ショーツが丸見えだ。

（くっ、こいつらの思う壺だとわかってるのに、どうしても目で追っちまう……！）

メイドたちが完全に主導権を握っているというのが、現状だった。これはこれで悪くないと思い始めているのが、少し悔しい。

「ああ、聞くのを忘れてました。ご飯にしますか？　お風呂にしますか？」

「それとも……わ、た、し、た、ち？」

双子はそれぞれの手を握ると、メイド服から大胆に覗く豊乳を互いに押しつけ合いながら、すっかりお馴染みとなったポーズで聞いてきた。二人は「お前たち」と言わせたいみたいだが、竜也は一貫して「メシ」と返しつづけている。

「メシ……あ、いや、今日は風呂がいいな。疲れすぎて、まだ食欲が湧かないし」

「え？　具合でも悪いんですか？」

「お医者さん、行く？」

「いや……ちょっと残業で疲れただけだ。風呂に浸《つ》かってさっぱりすりゃ、腹も減るさ」

不安げな顔になった双子を見て、竜也は努めて明るい口調で答える。

(そうだった。こいつら、俺に関してはやたらと過保護なんだった)

竜也が風呂場に向かったあと、さてどうしたものかと愛衣が思案していると、

(ご主人様、ホントに大丈夫かしら。あの人、わたしと理緒に対しては過保護なくせに、自分については無頓着だから心配)

「姉さん、ご主人様、一人にして平気？」

理緒が気遣わしげな顔で声をかけてきた。

「風邪とか病気ではないと思うわ。睡眠時間はちゃんと確保してあるし……単純にお仕事での疲れが溜まってるみたい」

「どうせまた周りから仕事を押しつけられたんでしょ。うちのご主人様、お人好しす

ぎ。もっと要領よく生きればいいのに」

「でも、お人好しじゃなかったら、血も繋がってない遠縁の娘を二人も引き取って育ててくれたりしないでしょう？」

「それはそうだけど。……優しくするのは、私たちだけにして欲しい」

「その点はわたしも同意するわ」

今年高校生になったばかりの愛衣たちでも、竜也が会社で恵まれたポジションにいないことはわかる。それは竜也の能力が低いせいではない。まだ双子が幼い頃、家事や学校行事を仕事より優先した影響が出ているのだと、愛衣たちは考えている。

（ご主人様はわたしたちのために出世を諦めた。そして、そのせいで今、苦労している。早く、なんとか恩返ししないと）

栄転を断り、定時で帰るため自ら出世コースを外れた竜也は現在、社内の面倒な仕事を押しつけられているらしい。無論、当人はそんな話はしないが、いっしょに住んでいればその程度は察せられるのだ。

「メイド協会にお願いしてある件はもう少しかかるはずだから、それまではわたしたちでご主人様を助けないとね」

「了解。まずは今夜、私たちで癒やしてあげるべき」

「ええ。主《あるじ》がつらいときに支えるのがメイドだもの」

姉と妹は頷き合うと手早く支度を整え、いっしょに風呂場へと向かった。

「ご主人様、お背中流しますね」

「はぁ!? バカ、いい、必要ないっ」

予想どおりの返事を右から左へ聞き流し、愛衣は躊躇なく浴室へと踏み込む。

「可愛いメイドをバカ呼ばわりとは何様よ、このご主人様は」

理緒も続く。当然、どちらも全裸だ。タオルで身体を隠すこともしない。唯一身に着けているのは、メイドのシンボルである頭部のカチューシャだけだ。

「あら。ちょうどいいタイミングでしたね」

竜也はこちらに背を向け、身体を洗っているところだった。愛衣は竜也が持っていたタオルを強引に奪い取り、背中を擦り始める。

「姉さん、ずるい。私もご主人様の背中を流したいのに」

「じゃあ、あなたはわたしの背中を流してくれる?」

「わかった」

この借家の浴室は設備こそ古いものの、三人が無理なく並べるくらいの広さがあった。愛衣が竜也の、理緒が愛衣の背中をそれぞれ流す格好だ。

「ふふっ、懐かしいですね。昔はこうして三人でいっしょにお風呂に入って、流しっこしましたっけ」

「そうそう。なのにご主人様、いつの間にか私と姉さんが入ろうとするとダメって言い出して。横暴」

「こないだ、寝る場所のときにも言ったけどな、普通の女の子は年頃になると、父親が疎ましくなるもんなんだよ」

股間を隠しているのだろう、やや猫背になった竜也がため息交じりに言う。

「でもご主人様はわたしたちの父親ではないですし。まあ、養父みたいだとは思ってますが、どちらかというと、少し歳の離れた兄のほうが近いですよ。……あ」

初体験のときに自分がつけてしまった引っ掻き傷を見つけ、愛衣の手が止まる。

「どうした？」

「……ここ、まだ痛いですか？」

肩胛骨《けんこうこつ》の辺りにうっすらと残る線を指でなぞりながら、恐るおそる尋ねる。

「ん？　いや、もう全然。なんだ、まだ跡が残ってたか？」

「はい」

「やだねえ、歳取ると傷の治りが遅くなって。……痛みなんてまったくないから、気にすんなよ？　むしろ、俺のほうがお前に、お前らに対してよっぽどひどい真似したわけだし」

「……はい、ありがとうございます」

自分を気遣ってくれる竜也の優しさに、愛衣の胸が温かくなる。

「確かに、私と姉さんの処女膜をぶち破ったご主人様のほうが、傷害の程度としてはずっとひどいよね。私のうなじに思い切り嚙みついた前科もあるし」

「ぐっ」

理緒の指摘に、竜也が呻く。

「もし、もしもの話だけど……ご主人様にその気があるのなら、今度は私の背中を引っ掻いてもかまわないよ？　ううん、背中に限らず、うなじでもお尻でもおっぱいでも、爪でも歯でも好きなだけ立てていいんだよ？」

「お、おう」

理緒の突然の加虐リクエストに、竜也は困惑しつつも頷く。こういう無茶なお願いも拒まないのは、いかにも竜也らしい。

（この子ったら、ホントにそういう趣味があるのね。昔から、それっぽい感じはあったけど）

一卵性双生児であっても、趣味嗜好の違いは当然存在する。理緒がマゾ気質であるように、愛衣もまた、妹とは異なる性的嗜好を持っていた。

「もう、ご主人様は理緒に甘すぎです」

「お前にもけっこう甘いつもりだぞ？」

「はい、わかってます。だから、甘えますすね？　えいっ」

背中を洗い終えた愛衣は、ボディソープを自分の胸と手にたっぷりと出すと、竜也に抱きついた。

「くおっ!?　あ、愛衣!?」

「わたしのつけた傷がまだ完治してませんので、タオルよりも柔らかなものでお流ししますすね。んしょ、んしょ」

「お前、散々タオルで擦ってただろ!?　うひっ！」

竜也のツッコミを無視し、愛衣は身体を大きく揺すって愛しい男の背中を自慢のバストで洗う。いつかやりたいと、以前から考えていた洗体プレイだった。

（ああん、ご主人様のお背中、逞しい……ごつごつしてて、硬くて、先っぽが擦れるだけで気持ちイイ……！）

「む。姉さんだけずるい。だったら私がご主人様の前を洗うし」

同じことを狙っていたであろう妹が立ち上がる。

「ダメ。前もわたしが洗うんだから」

ボディソープの泡まみれの手を伸ばし、まずは竜也の胸をさわさわと撫でる。

「痒《かゆ》いところはございませんか、ご主人様？」

「か、痒くはないが、く、くすぐったいっ」

「我慢してください。すぐに気持ちよくなります。わたしみたいに」

前方に逃げようとする竜也により密着し、今度は指の腹で乳首をまさぐってみた。

「うひっ!?」

（あはっ、ご主人様、びくってなった。男の人の乳首って、なんだか可愛いかも）

両手で小さな突起を玩びつつ、己の乳首を竜也に押し当て、擦りつける。

「はっ、あっ、あっ……あん……んふ……んん……っ」

勃起した尖りが背中と触れ合うたびに、甘い愉悦が愛衣の全身に広がっていく。

（ぬるぬるが、気持ちイイ……ああ、ご主人様を癒やすはずなのに、エッチな気分になっちゃう……っ）

乳首をまさぐっていた手を下ろし、竜也の股間を狙う。竜也はさらに前屈《まえかが》みになり、両脚を閉じてガードしてきたが、その前に愛衣の手が股ぐらへと到達する。

「うぐぅ！」

「うふふ、ご主人様どうなさいましたか？　そんなに力まないでください。わたしはただメイドの義務として、ご主人様のお身体をきれいきれいしてるだけですよ？」

　愛衣の声が弾んでいるのは、握ったペニスがしっかりと膨らんでいたためだ。さすがにフル勃起には若干届かないが、それでも十分に硬い屹立に、頬が緩む。

「もしかしてご主人様は、愛衣のおっぱいで興奮しちゃったんですか？　こんなふうにぬるぬるのお胸を擦りつけられて、発情しちゃいましたか？」

「……っ」

　竜也は無言を貫くが、赤くなった耳がなによりの答えだ。

（ああん、照れてるご主人様、最高に可愛いっ）

　倍以上も歳の離れた男の恥ずかしがる姿に、十六歳の下腹部がきゅうんと疼く。

（こ、このままオチ×チンしこしこして、その気にさせて、襲ってもらいたい。でも、疲れてるご主人様に無理をさせるのも悪いし。……あっ！）

　愛衣が躊躇しているその一瞬の隙を、理緒に衝《つ》かれた。愛衣たちの横を素早くすり抜け、竜也の前へと回り込む。

「背中は姉さんに任せて、前は私が洗ってあげるね、ご主人様」

「だから、身体くらい自分で洗うって……うわぁっ」

前に屈んでいた上体を強引に起こすように、理緒が竜也に抱きつく。

(もう、理緒ってば。だけど、これはこれで悪くないご奉仕かも)

どうせなら自分が前面に回りたかったが、そこはぐっと堪え、妹と協力する作戦に切り替える。

「ご主人様、双子の女体サンドはいかがです？」

「姉さん、聞くまでもないわよ。オチ×ポ、さっきから私のお腹をぐいぐい押してるもの。んふふ、ご主人様ったら、そんなに私のおっぱいに興奮したのぉ？」

「違うわよ。ご主人様のオチ×チンを元気にしたのはわたし。……ですよね、ご主人様？　愛衣のおっぱいと、乳首くりくりで硬くなっちゃったんですよね？」

愛衣と理緒は、本気で張り合っているわけではない。姉妹で争っているふりをして、二人で協力して竜也を煽っているだけだ。もっとも、何割かは互いに負けたくないという気持ちもなくはないが。

「や、やめろ、二人ともっ」

前後を瑞々しい肢体に挟まれ、泡だらけの手で乳首や肉筒をまさぐられた竜也はそう言うが、その声は弱々しい。息も上がっているし、明らかに興奮している。

（はあん、完全にその気になってるくせに、大人の、保護者の意地で懸命に我慢してるご主人様、健気で愛くるしい……っ）

愛衣は竜也の反応に昂り、

「ホントはやめて欲しくないいんだよね？　だってご主人様のオチ×ポ、もう、完全に勃っちゃってるしぃ」

理緒はますます猛るペニスに妖しく瞳を輝かせる。姉と妹で漲《みなぎ》るポイントは微妙に異なっているが、竜也を愛し、大事に想っている点はいっしょだ。

「愛衣、理緒……ぐっ……えっ⁉」

双子メイドによる女体サンドイッチと手コキで竜也が屈しそうになったそのとき、愛衣と理緒は同時に身体と手を離した。

「身体を綺麗にしたあとは、湯船にしっかり浸かって温まりましょうね、ご主人様」

「あ、ああ、わかった。洗ってくれてありがとな、二人とも」

明らかにがっかりしている竜也の表情に胸と下腹部を切なく疼かせながら、愛衣は妹と協力して、主の泡を洗い流す。

（ご安心ください、ご主人様。ちゃんとその逞しいオチ×チンも、すっきりさせてあげますよ）

(こ、こんなの蛇の生殺しだっ。いや、でも、ここで我慢しないと、ずるずると流されちまう。今さら手遅れだとはわかってるが、やはり大人の俺がもっとしっかりと、毅然とした態度でこいつらを拒むべきなんだ)

泡をしっかりと洗い流してもらった竜也は、浴槽の隅で、壁を向いて身体を丸めた。依然として反り返ったままの男根を隠すためである。

(くっそ、なに無駄に元気になってんだ、お前はっ。ここんところ毎晩、二発も出してるだろうが！　男子高校生じゃあるまいし、少しは落ち着きやがれ！)

さすがに十代二十代に比べれば精力は落ちているものの、それでも竜也の愚息はいまだ健在だった。だからこそ、こっそり自慰で欲望を発散してきたのだ。無論、ダブルで迫ってくる美少女メイド姉妹の魅力によるところも大きい。

「なに、隅っこでちっちゃくなってるの？　ああ、オチ×チンは全然ちっちゃくなってないか。にぎにぎ」

浴槽に入ってきたのは理緒だ。くすくすと意地の悪い笑みを浮かべつつ、竜也の背中に抱きつき、股間をまさぐってくる。先程までの愛衣と入れ替わったかたちだ。

「こ、こら、どこ触ってんだっ」

「姉さんにだけ握らせるなんてえこひいき。私たちを平等に扱うのが、ご主人様の育児方針だったのでは？　しこしこ」

「くっ、た、確かにそうだが、これは違うだろ!?　だから握るな、しごくなっ」

直接の刺激に、背中に押し当てられる若く、大きく、柔らかな双つの膨らみの感触も加わっては、イチモツの硬度は上がる一方だ。

「ご主人様、意地張るのをやめたらどう？　私と姉さんへの劣情を我慢せずにぶつけていいんだよ？　メイドが主の夜伽をするのは普通。常識。なにもおかしいことはないの。こんなにおっきくして、苦しいでしょ？」

そんな竜也に対し、理緒は嵩《かさ》にかかって責めてくる。このままでは風呂場の中でも一線を越えてしまう、と焦った竜也はつい、こんな言い訳を口にする。

「違う、これはお前らに興奮したせいじゃない。女にはわからないだろうが、この現象は疲れマラという、男にとってはごく単純な生理現象なんだ！」

「ああ、そう来たか、ご主人様。でもそれ、悪手。特に、姉さんに対しては」

背後から、理緒のどこか楽しげな声が聞こえる。

「確かにわたしたちは女なので実感はできませんが、知識としては当然あります。メイド研修で出てきましたので。……なるほど、己の遺伝子を残すために性欲とは無関係にペニスが勃起するほど、ご主人様はお疲れなのですね」

続いて、先程からずっとなにかを準備していた愛衣が言う。淡々とした口調なので、冗談でも言っているのかと思ったが、表情が真剣だった。

「ダメだよ。ご主人様に関しては異常に過保護な姉さんに、嘘でもああいうこと言ったら」

理緒が、くすくすと笑いながら耳打ちしてくる。

「ご主人様が心底お疲れなのは理解しました。主の疲労に気づけなかった無能なメイドで申し訳ありません」

「い、いや、愛衣が責任を感じる必要はないんだ。……ひっ!?」

突然、竜也の目の前にカミソリが現れた。一瞬、これで喉を切られるのでは、などと思ったのだが、無論、そんなわけはなかった。

「ああ、驚かせてすみません。ご主人様のお髭が伸びていたので、これで剃ろうと思いまして。顔がつるつるになりますと、気分もさっぱりすると思いまして」

「な、なるほど。でも、明日の朝に軽くシェーバーかければ大丈夫じゃね？」

竜也は自分の顎を撫でてみたが、あまり伸びている感覚はなかった。元々、体毛が薄い体質なのだ。

「……ご主人様、また、悪手」

背後からぼそりと理緒の声が聞こえた。

(え。なんでだ？……あ)

理由はすぐにわかった。カミソリを持った愛衣が、露骨にがっかりしていたのだ。

「いや、だけど、シェーバーよりカミソリのほうが綺麗に仕上がるしな！　美少女メイドに髭を剃ってもらうなんて、男の夢だよな！　ぜひ頼む、愛衣！」

娘たちの悲しむ顔が大の苦手の竜也は、慌てて浴槽内で膝立ちになり、顔を愛衣に向けて突き出す。

「はい、承知しました、ご主人様っ」

一瞬にして笑顔になった愛衣が、竜也の顔にクリームを塗ってくる。

「愛衣もいっしょに風呂に入ったらどうだ？　寒くないか？　せめてタオルを巻くとか」

一人だけ湯に浸かってない愛衣にそう声をかけたが、

「いえ、このほうが作業しやすいですし、浴室内も温まっているから平気ですよ。お気遣い、ありがとうございます」

愛衣はふるふると首を横に振る。その動きに合わせてぷるぷると重たげに揺れるたわわな膨らみに、竜也の視線がついつい、向いてしまう。

（目の毒だから、タオル巻いて欲しいんだがなぁ）

愛衣もやりづらいだろうし、目の遣り場にも困るので、竜也は瞼《まぶた》を閉じて顔を委ねる。双子を引き取って以降は節約のため、カットオンリーの安い理容店ばかり利用している竜也にとって、誰かに顔を剃ってもらうのはずいぶんと久々だ。

「では、失礼します」

（おおお!?　これは、なかなかよくないか？　床屋さんで剃ってもらうのも気持ちイイが、自慢の娘に風呂場でしょりしょりされるのは、控え目に言っても最高では!?）

「うふふ、姉さん、ご主人様のお髭をこうして剃るのが、ずっと夢だったんだよ」

「こら、理緒。よけいなこと言わないでちょうだい」

目を瞑っているので顔は見えなかったが、照れているのは声でわかった。

（こんなおっさんの髭を処理してあげようだなんて、俺の娘はなんて可愛いんだ）

久々に保護者マインドが優位になったが、それは髭剃りが終わるまでだった。

「はい、終わりました。いかがですか？　どこか切れたりしてませんか？」

綺麗にクリームをシャワーで洗い流したあと、優しく手でローションを塗り込んでくれた愛衣が尋ねる。

「おお、つるつるで気持ちイイぞ。ありがとな、愛衣」

「いいえ、この程度ではご主人様の疲労を見抜けなかったミスの穴埋めにもなりません。もっともっとご奉仕して、身も心も癒えていただきます」

さっぱりと、晴ればれとした竜也とは対照的に、愛衣の表情はまだ硬い。

(まずい。疲れマラ発言は確かに悪手だったかも)

愛衣と理緒の双子は、どちらも真面目《まじめ》で努力家で優等生だ。そして、姉の愛衣は特に責任感が強い。竜也が適当に口にした言い訳をまだ信じているらしい。

「あ、あのな愛衣、さっきの話だけど……えっ」

これは早めに嘘を訂正し、謝るべきと思った直後、愛衣も風呂に入ってきた。大人が余裕で足を伸ばせるくらいに大きな浴槽ではあるが、それでも三人が同時となるとそれなりに狭くなる。

「理緒、もうちょっと詰めてちょうだい」

「前は三人でも余裕たっぷりだったのにね」

「お前らがまだ小さかった頃の話だろ。今、俺が上がるから、ちょっと待ってろ……んおっ!?」

逃げるには絶好のチャンスと立ち上がろうとした竜也に、双子が同時に抱きついてくる。

「ダメです。ご主人様、まだちゃんと温まってません。肩まで浸かって、百、数えてください」

「私たちが熱いって言っても、ご主人様、上がらせてくれなかったじゃない」

逃亡は許さないとばかりに、愛衣と理緒が竜也を挟み込む。胸やら太腿やらの感触に、ずっと勃起しっぱなしだった肉棒が湯船の中でびくん、と跳ね上がった。

「疲れマラ、まだ解除されませんね。ご主人様にはもっともっと心身をリラックスしてもらわなくてはなりません。その点、入浴は効果的です」

大真面目に言う姉に、竜也を挟んで反対側にいた妹がぷっ、と吹き出す。

（これはもう、下手に言い訳しないほうがいいな。なんとかチ×ポおとなしくさせて、とっととこの場から逃げよう）

竜也は髭剃りをしてもらっていたとき同様に目を閉じ、刺激的な視覚情報をシャットアウトすると、

「いーち、にーい、さーん」

早速カウントを始めた。こうすれば二人ももうちょっかいはかけてこないだろうという目論見だったが、

「ところでご主人様は、睡眠時間、足りてますか？　もしかして、わたしと理緒を可愛がるために、無理をしてますか？」

「もし現状の夜伽が大変なら、ご主人様が動かなくても済むスタイルに変更するよ」

　愛衣と理緒が話しかけてくるため、カウントを中断せざるをえなくなる。

「……睡眠時間はお前らが気を遣ってくれてるおかげで、変わってないぞ。むしろ、その……身体動かして、すっきりしてるせいか、前よりぐっすりだ」

　竜也のこの説明に嘘も誇張もない。若く美しいメイドたちを相手に全力で運動して、欲望を発散しているおかげで、睡眠の質は著しく改善されていたのだ。

「ホントですか？　わたしたちを心配させまいと、嘘を言ってませんか？」

「ご主人様は私たちに対して見栄とか意地を張るから、信用しづらい」

「嘘じゃねえって。マジだって。ちょっと前は夜中に一度か二度は目が覚めてたけど、二人とその……そうなって以降は、朝まで熟睡してるよ」

　ここは大事な点なので、きっちりと強調しておく。

「なるほど。では今日のご主人様が食欲をなくし、疲れマラになった理由を教えてください」

「んなの、仕事のせいに決まってるだろ。面倒な雑用が多くて、ちょいとストレスだ

ったのが心労になったわけではないのですね？」

「つまり、わたしたちがメイドになったのが心労になったわけではないのですね？」

「……あ、ああ」

本音を言えば、娘みたいに思っていた双子がいきなりメイドになって、しかも肉体関係まで結んだことを悩んでないわけではない。だが、きらきらとした目で見つめてくる愛衣を前に事実を告げられるはずがない。

「ふむふむ。ではご主人様の現在の悩みは仕事だけ、というわけだよね？　ね？」

一方の理緒は、鹿爪らしい顔でうんうんと頷いている。

（くっ、こいつ、全部わかってやがるな!?　心配してる愛衣の前で、俺が違うとは言えないのを完全に理解したうえで、言質取ろうって魂胆だな!?）

こういうときに、性格の差異が如実に表れる。

「……ああ。現状、俺のストレスの原因は、仕事だけだ」

「なるほどなるほど。そうなると、ご主人様に必要なのは肉体的な休養以上に、精神的なケア、癒やしが必要、と。より一層、ご奉仕を頑張らないとダメだね、姉さん」

竜也の苦渋の表情とは対照的に、理緒は満面の笑みを浮かべている。

（くっそ、俺をやり込めて喜ぶ顔ですら可愛いってのが、よけいに腹立つわ！　俺の娘どもはどっちも可愛い！）

　結局のところ、自分は保護者として男としても、愛衣と理緒には逆らえないのだと竜也は思い知る。

「ええ、もちろん。ご主人様を徹底的に甘やかして、これまでの恩を返すためにわたしたちはメイドになったんだもの」

　愛衣は可愛らしい小鼻をぷくりと膨らませ、むふーっ、と息を吐く。

「俺は別に、お前ら二人が健康で、元気で、幸せでいてくれさえすれば、それで満足なんだがなぁ。……んじゃ、逆上《のぼ》せる前に先に出てるな」

　これ以上ここに留《とど》まっているとさらに状況が悪化する気がした竜也が湯船から出ようとする。が、

「ダメです」

「まだ百、数えてませんけど？」

　子供のときの仕返しなのか、がっちりと左右の腕を引っ張られてしまうのだった。

「きゅーじゅーなーな、きゅーじゅーはーち」

（ふふっ、律儀にちゃんと数えるあたりが、ご主人様っぽい。可愛い）

浴室内に響く竜也の声に、理緒は目を細める。

「きゅーじゅーきゅー、ひゃーく！　よし、もういいだろ!?」

頭部のカチューシャ以外はなにも身に着けてない女子高生姉妹に挟まれ、密着されている状況から一刻も早く脱したいのだろう、竜也が勢いよく立ち上がる。しかし、

「まだダメに決まってるでしょ。そんなにオチ×ポをびくびくさせてるご主人様を放っておくなんて、メイドには無理」

「今夜はわたしと理緒で、しっかりと心と身体のデトックス、してあげますよ」

理緒と愛衣は竜也にしがみつき、逃亡を許さない。もちろん、大人の男である竜也が力任せに逃げようとすれば、理緒たちは振り払われてしまうはずだ。が、そうはならない。竜也がそんな真似をするはずがないからだ。

（ご主人様は私たちを叱りはしても、怒りはしない。常に自分よりも私たちを優先してくれる。だから好き。大好き）

理緒も愛衣も知っている。竜也が己の人生のあれこれを犠牲にして自分たちを育て、守り、慈しんでくれたことを。

（口ではあーだこーだ言うくせに、最後は全部私たちのワガママを聞き入れてくれるような人、絶対に逃がしてあげない。代わりに、私と姉さんとでたあっぷり甘やかし

て、仕えてあげる。なんなら、いじめさせてあげる）

反対側の腕にしがみついている愛衣とアイコンタクトを交わし、行動を開始する。浴室での行為を想定したご奉仕はすでに二人で入念に話し合い、準備をしてきたので、動きはスムーズだ。

「さ、ご主人様はそこに立ってください。滑らないよう、片手は壁につけて……そう、そのままじっとしててください」

「こ、こうか？」

（ほら、訝《いぶか》しみつつも、ちゃんと私たちの言うことを聞いてくれる）

愛衣の指示に素直に従う竜也に口元を緩めながら、理緒はあらかじめ用意しておいたボトルの蓋を開け、中の特製ローションをたっぷりと自分の身体の前面にかける。

「じゃあ、始めますねえ。えいっ」

「ぬほおっ⁉　理緒、な、なんだこれは⁉」

背後から抱きつかれた竜也が、驚きに身体を強張《こわば》らせる。

「ローションだよ、ローション。メイドがご主人様といっしょにお風呂に入ったら、ローションでぬるぬる洗体プレイするのは、常識」

「どこの世界の常識だよっ」

「えー？　でもメイドの研修では、そう教わったよ？　だよね、姉さん」

「ええ、そのとおりです、ご主人様。ちなみにこのローションはメイド協会特製で、お肌の保湿、筋肉の凝りの解消、アロマでのリラックス効果などが期待できます。しかも安全にも考慮されていて、舐めたり飲んだりしても大丈夫なんですよ？」

妹と同じように身体の前面に大量のローションをかけた愛衣が、意味ありげな笑みを見せる。

「な、舐める？　うひっ！」

それがなにを意味するのか想像したらしい竜也に、愛衣が正面から抱きつく。これで竜也は双子に前後を挟まれた格好だ。

「では、始めますね。んしょ、んしょ」

理緒たちは同時に肢体を上下左右に動かし出す。竜也の背中と胸板に、それぞれの乳房でローションを塗り込んでいくイメージだ。この際、手は使わないのがポイントだとメイド研修では教わった。

(ご主人様に自分たちのおっぱいをアピールするのが目的だって言ってたけど、なるほど、確かに効果は抜群みたい)

おっ、くおっ、んおっ、などと変な声を漏らし、びくびくと震える竜也の姿を見て、実践的なテクニックを教えてくれた先輩メイドに心の中で感謝を伝えておく。

(それにこれ、やってるほうもおかしな気分になっちゃう。ぬるぬるが気持ちイイし、先っぽがご主人様の背中と擦れるのもたまんない)

理緒と同様の状態なのか、愛衣の快感も伝わってくる。

「はっ、あっ、ご主人様の背中、逞しい……んっ、んっ、ど、どう？　メイドの、洗体プレイは……ああっ」

疼く股間も擦りつけたい欲望を堪えつつ、竜也に感想を尋ねる。

「き、気持ちイイ、ぞ。めちゃくちゃ気持ちイイ……ううっ！」

牡の欲望が保護者としての理性を上回ったのか、竜也は素直にそう答えた。この返答に、理緒と愛衣はますます強く、激しく、淫らに、たわわな膨らみを好きな男に擦りつけていく。

「うふふ、ご主人様、ホントに気持ちよくなってくれてるんですね。さっきからわたしのお腹に、硬いモノが当たってますよ？」

「す、すまん、愛衣っ」

「謝る必要はありません。ご主人様に発情していただくのは、メイドにとって至上の歓びなんですから」

「ふほっ!?」

どうやら愛衣が、竜也の勃起を軽くいじり始めたようだった。

(あ、姉さんずるい。私もご主人様のオチ×ポ触りたいのにっ)

二人の遣り取りに軽い嫉妬を覚えた理緒も、手を竜也の股間へと伸ばす。先端や竿《さお》部分は愛衣がまさぐっていたので、理緒は両手で陰嚢《いんのう》をそっと包み込む。

「おおぅっ!?」

(あはっ、ご主人様ったら、すっごい声出してる。でもそっか、これ、男の人の急所だもんね。……ふうん、こんな感触なのか。このこりこりしてるタマタマで、将来、私と姉さんを孕ませるはずの精子作ってるんだ……)

亀頭やシャフト部分の硬さや熱さとはまた異なる不思議な感触に、理緒は夢中になってふぐりをまさぐりつづけた。

「こら、理緒。あんまりご主人様を怖がらせたらダメでしょ」

愛衣が窘めてきた。

「えー。ご主人様、怖がってないよね？　可愛いＪＫメイドに男の人の大事な袋、優しくマッサージされて嬉しいよね？」

「だ、誰かにそこ触られた経験ないから、なんとも表現しづらい気分だ」

急所を文字どおり握られている恐怖と同時に、快感も得ている状況らしい。

「へえ？　つまり、ご主人様のタマタマ袋を触った女は、私が初めてなんだ？　ふふっ、そっかそっかー」

「は、早とちりはダメよ、理緒。今思い出したけれど、わたし、昔ご主人様といっしょにお風呂入ったとき、そこを触った記憶あるもの！……ですよね、ご主人様っ？」

愛衣は唇を尖らせ、わかりやすくヤキモチを焼く。

「ああ、そういやお前ら、男の身体が珍しいのか、やたらと俺のチ×ポいじくった時期があったなー」

「……言われてみると、確かにそんなこともあった気がする」

姉の言葉がきっかけとなり、幼い頃、三人で入浴していた際の記憶が甦《よみがえ》る。

……たっくんはなんで、お股にそんなモノがついてるのー？

……この袋の中にはなにが入ってるんですか？　えい。

……ぎゃーっ！

「……俺、愛衣に思い切りタマ、握られたんだった……」

当時を思い出したせいだろう、理緒の手の中で、陰嚢が急に萎縮していく。

「大丈夫だよ。今、ご主人様の大切なタマタマを預かってるのは姉さんじゃなくて私だから。安心して。優しく、丁寧にもみもみしてあげる」

背中に乳房を押しつけながら、両手でソフトに二つのタマをマッサージする。一度は縮こまったふぐりが再びほぐれてきたのが嬉しい。

（そっか。ご主人様、大事な急所を私に預けてくれるんだ。信じてくれるんだ。んふふふ、その信頼と期待に、ちゃあんと応えてあげる）


「前と後ろはこれで終わりです。続いて、腕と脚をマッサージしますね」

「ご主人様は座って、じっとしてて。私と姉さんが全部してあげる」

言われるまま風呂椅子に腰かけると、愛衣と理緒が竜也の両サイドから抱きつき、肩や二の腕を乳房で、手のひらを太腿で挟んできた。

（ぬおおっ!?　こんなのもう、完全にソーププレイだろ!?）

美少女双子姉妹による洗体奉仕に、竜也のペニスは限界までそそり勃つ。

「ところで質問なのですが……ご主人様はこうしたプレイの経験はあるんですか？」

「正直に答えて、怒らないから。ご主人様だって男だし、私たちといっしょに暮らす前のことなら、特別に許してあげるよ？」

愛衣と理緒は、じっと竜也の顔を見つめている。嘘は見逃さないという、強い覚悟を感じさせる表情だ。

「あ、あるわけないだろ」

「ホントですね？　信じますよ？　嘘だったら泣きますよ？　呪いますよ？」

「嘘じゃねえって。そりゃまあ、若い頃につき合った女はいたけど、こんなエロエロな真似、してもらったことなんざ一度もねえっての」

呪われるよりも、娘たちに泣かれるほうがずっと怖い竜也は、懸命に訴える。

「なるほど。女といっしょに入浴した経験は？」

「それは……あるな」

「あるんですか。わかりました、呪います」

「がぶっ」

「待て、愛衣、早まるな！　理緒も無言で耳を嚙むな！　痛ぇ！　違う、俺がいっしょに風呂に入ったのはお前らだよ！」

竜也の説明を聞いたとたん、姉妹の表情がぱあっと明るくなった。

「うふふ、そうでしたか。では今後も、こうしてごいっしょさせていただきますね」

（なにが「では」なのかわからんが、怖いから、ここは逆らわないでおこう）

竜也は愛衣の、妙に迫力のある笑顔に頷き、

「ご主人様はあの当時からすでに私たちを女として見てたんだ。エッチ。スケベ。こんなケダモノは野放しにできないし、今後も私と姉さんでお世話するしかないよね」

理緒のやけに嬉しそうな罵倒も受け止める。

(俺、一応こいつらの主って設定なんだよな？　でも、俺のほうが絶対に立場、弱いよな？　まあ、メイドになる前といっしょと思えばいいか)

一気に上機嫌になった双子メイドは、さらに過激なローション奉仕を始めた。

「はぁぁ、んっ、んっ……ご主人様、このマッサージはいかがですかぁ……んふン」

「あっ、んっ、ご主人様の太腿、硬くてごつごつしてるぅ……はあぁっ」

二人はそれぞれ竜也の左右の太腿に跨がり、秘所を擦りつけてきたのだ。

「最高だ。他に言葉がないくらい、最高だ」

大切に育ててきた若く美しい娘たちが全身ぬるぬるになりながら、女の一番大事な場所を使って奉仕してくれる。このシチュエーションで高まらないわけがない。

「ふふふ、メイドによる癒やしに満足してもらえたようでなによりです。……理緒」

「癒やしというか、イヤらしだけどね。……姉さん」

竜也の緩みきった顔を覗き込んでいた双子が、またもアイコンタクトを交わす。これ以上なにをしてくるんだと身構えた刹那、愛衣が腰に跨がり、怒張を自ら咥え込んできた。

「あぁっ、ご主人様、ご主人様ぁん！」

ローションのおかげか、驚くくらいすんなりと肉棒が姉メイドの蜜壷に収まる。温かくて柔らかいものに包まれた剛直から、凄まじい愉悦が伝わってきた。

「んぎっ！」

「あ、ご主人様、今、暴発しかけたでしょ。我慢しなくていいのに。ご主人様は私たちのオマ×コを、好きなときに、好きなだけ使っていいんだよ？」

背後に回った理緒が、先程嚙んだ耳を舐めてきた。背中に押し当てられる乳房や耳を這う舌だけでもたまらないのに、妹メイドはなんと、竜也の尻穴をまさぐり始める。

「おいこら、理緒、どこ触ってんだよっ」

「お尻だけど？　安心して、今日のところは指の先っぽ挿れるだけだから」

まったく安心できないセリフに、竜也は焦る。しかし、風呂椅子に腰かけたまま愛衣と対面座位のスタイルで結合した状態でできるのは、せいぜいが尻を左右に揺する程度だ。そしてその動きは結果的に、愛衣への責めとなる。

「ああっ！　ひっ、ひんっ、ご主人様、いきなり、そんなぁ……ああン！」

膣内を男根で攪拌《かくはん》された格好の愛衣が、甘い声をあげた。浴室に嬌声が反響するなか、愛衣がさらに密着してきたことで、竜也の動きはさらに限定されてしまう。

「姉さん、ナイスアシスト。ほらほらご主人様、力を抜いて。大丈夫、私たちメイドは爪を短くしてるから、痛くないよ」

それを見逃さなかった理緒の指が、ついに竜也のアヌスを捉えた。大量のローションをまぶされているせいで、尻を振ったり、肛門に力を入れる抵抗も役に立たない。

「ま、待て、理緒！　バカ！　マジでそこはやめろっての！」

十六歳の娘に排泄口《はいせつこう》を触れられた四十一歳が、本気の懇願をする。けれど、これは完全に逆効果だった。

「ああん、ご主人様は、脅えた顔も素敵ですよぉ。可愛すぎて、オマ×コが勝手にきゅううんって締まっちゃいます……アアッ」

「んぶっ！」

竜也の困惑する姿に興奮したらしい愛衣に頭を抱きかかえられる。顔面が完全に胸の谷間に埋まり、視界がゼロになった直後、ついに理緒の指が菊門へと潜った。

（マ、マジでケツに指、突っ込みやがった、こいつ！　なに考えてんだっ！）

子供の頃に高熱を出し、母親に座薬を入れられて以来の感覚に、全身が強張る。反射的に括約筋も締まったが、ローションを纏った細い指を追い出すには至らない。

「うわぁ、凄い締めつけ。指、潰れそう。もしかしてご主人様、アナルに興味あったりする？」

（ねえよ！　ただの生理現象だよ！　いいからとっとと抜けって！）

背後の理緒に向かって叫びたいが、愛衣の巨大な柔乳が邪魔をする。

「ご主人様、おっぱいにはリラックス効果もあるんですよ？　さ、吸ってください。咥えやすいように勃てておきました」

（いやいや、それ単にお前が興奮したせいでは!?　なにわらじを温めておいた秀吉《ひでよし》みたいなセリフ吐いてんの、お前っ）

本心を言えば、無論、愛衣の勃起乳首は魅力だ。良識を捨て、牡欲のままに可愛らしくも卑猥な突起を咥えたい気持ちはある。だが、まずはアヌスに侵入した指をどうにかするのが先決だ。

「むびっ！　えうのういっ！（指っ！　ケツの指っ！）」

お前の妹のおいたをどうにかしろ、と訴えるも、

「え？　なんですか？……ああ、そのことですか。ご安心ください、先程も説明したとおり、このローションは舐めても飲んでも平気です。思う存分、愛衣のおっぱいを吸って、癒やされてくださいね、ご主人様」

愛衣は両腕で竜也の頭をぎゅうっと抱え込み、ツンと尖った乳首を咥えさせた。

（こ、この天然娘がっ！）

悪意がないどころか、自分を気遣っての行為なのがわかるので、竜也も諦めてピンク色の乳頭を口に含む。

「んふっ……ああ、ご主人様におっぱい吸われてますよぉ」

ローションは無味無臭だったが、少女特有の甘い匂いのせいか、本当に自分が赤子になり、授乳されている錯覚に陥る。十年間慈しみ、育ててきた娘の乳に吸いついているという状況に、倒錯した興奮すら覚えた。

「うふふ、オチ×チンも元気になってきましたね。いいんですよ、そのままわたしに、たくさんたくさーん、甘えてくださいね、ご主人様」

愛衣は優しく竜也の頭を撫でつつ、くいくいと腰を前後に振ってきた。慈愛に満ちた聖母のような上半身と、淫猥に蠢く娼婦《しょうふ》のごとき下半身の落差が凄まじい。

（ぬおっ、めちゃくちゃ締まる……そのくせ、ローション以上にぬるぬるしてるっ）

初体験のときの狭さはそのままなのに、柔らかさと潤みが増した分、牡の杭《くい》が感じる愉悦は段違いに上がっていた。そこにこの五日間で覚えたグラインドも加わり、竜也を呻かせる。

「はっ、あっ、あっ、こ、この格好、凄い、ですっ。ご主人様のオチ×チンが垂直に、奥まで刺さって、わたしの子宮をぐりぐりしてますよお……ひィン！」

初めての体位による新鮮な刺激に、愛衣の余裕が急速に失われていく。美少女が己のペニスでよがっている事実に興奮と自信を得た竜也も、風呂椅子の上で身体を揺すり、愛衣の膣奥を抉ってやる。

「はうっ、あうっ、んふうぅんんっ！　そ、そこ、びくってしちゃいますからぁ！ああっ、今はわたしが、ご主人様を癒やしてあげる番なんですよお……ひいぃっ！」

不安定な体勢なので、万が一にも転倒したりせぬようしっかりと両脚で踏ん張り、愛衣の裸体を抱き寄せる。

「うわ、ご主人様のお尻、きゅってなった。姉さんを本気で犯すつもりなんだ？　いいよ、私も手伝ってあげる。ほじほじ。ほじほじ」

（り、理緒のやつ、さらに奥まで指を挿れやがった！　やめっ……くっ、ぬおっ、腰が勝手に動く……チ×ポがムラつく……ッ）

四十年以上生きてきた中で初めての感覚に怒張が暴れ、腰が揺れる。

「ほらほら、まずは姉さんをイカせてあげて。もちろん、次は私もご主人様のストレス、たあっぷり搾り取ってあげるから」

顔面と肉棒で姉を、背中と直腸で妹をそれぞれ感じながら、竜也は劣情に任せて腰を使う。ローションで滑りやすく、不安定な椅子の上なのであまり大きく動かせないが、愛衣の自重で深々と突き刺さっている分、膣奥を責められる。

(先っぽにこりこりしたのが当たってる。これが愛衣の子宮……！)

大きく歳の離れた少女の、一番神聖な小部屋に触れているという背徳感に、ペニスの硬度が上がる。

「ダメ、ダメ、ご主人様、そんな、奥ばっかりされたら、わたし、おかしくなりますっ……アア、そこ、凄いんです……はあぁ！」

「姉さん、感じすぎ……わ、私までおかしな気分になっちゃうってばぁ……ンン！」

感覚共有で愛衣の快楽が伝わったのだろう、背後の理緒の声も艶めかしさを増す。相も変わらず竜也の後門をいじりつつ、これまで以上に強く、激しく背中に乳房とその先端突起を擦りつけてくる。

「あ、あなただって……んふっ、んっ、イヤ、ご主人様に吸われるだけでもたまらないのに、乳首、そんなに擦っちゃダメぇ！　ひゃんっ！」

理緒が得ている快感が加わり、さらに卑猥にしこった乳首を、竜也は夢中になって吸い、舐め、しゃぶった。今度は自分の意志で頭を動かして、反対側の乳首も咥え、愛衣を喘がせる。

（凄ぇ、乳首吸ってると、マジでイヤなこと忘れられる。このままずっと愛衣の乳首をしゃぶっていたくなる……！）

会社で積み重なった負の感情やストレスが、急速に体外に排出されるのがわかる。本当に双子のおかげでデトックスされている実感がある。

「んひっ、ひあっ、あああぁ！　ご、ご主人様、そこ、そこは弱いんです、あっ、愛衣の一番深いところ、そんなにされたら……ひいっ！」

しかし、どんなに心の毒素を排出したとしても、牡の肉欲は別だった。減るどころか急速に増大し、若く美しいメイドの女体を抱きしめ、揺すり、小突き、蜜壺を責め立てる。

「うわ、ご主人様、激しすぎ。姉さん、壊れちゃうよ？　私にお尻の穴ほじられるのが、そんなにイイの？　ケダモノなだけじゃなくて、ヘンタイさんなんだ？」

そう言って竜也を揶揄《やゆ》してくる理緒の声も、すっかり上擦っていた。どうやらバストを押し当てつつ、オナニーをしているらしい。

「ちょっ、あっ、くっ、理緒、やめなさいっ……ああっ、あなたが自分でいじるのが伝わってきて……ひっ、ダメ、ご主人様、今、そんなにぐりぐりされたらぁ！」

前と後ろで二人が妖しく身悶える状況に当てられた竜也は、ここで一気にスパートをかけた。座った状態でも抽送ができるよう軽く前傾し、愛衣の蕩けた狭洞を穿つ。

「ひぃっ！　ひっ、ひっ、らめっ、あっ、ごひゅ人様っ、これ、奥、愛衣の奥、当たっへぇ！　アーッ、アァーッ！」

最初は主導権を握っていた愛衣だが、もはや完全に攻勢は逆転していた。法悦に流され、必死に自分にしがみつきながら喘ぐ少女の顔や、ピストンに合わせて跳ねる乳房を視姦したまま、竜也はさらに回転数を上げる。

「あっ、あうっ、ダメ、ひゃめぇぇっ！　イ、イキます、あっ、あっ、イク、イッひゃううぅっ！　ヒィッ！」

浴室にアクメ声がこだまする。けれど、竜也の腰はまだ止まらない。むしろ突きは凶暴さを増して絶頂中の女陰を襲い、敏感な襞と、降下してきた子宮口を嬲る。

「ご、ご主人様、待って、あっ、くっ、姉さん、ホントにイッてるの、今、イキまくってるからぁ！　ああっ、やっ、嘘、私までイク、イカされちゃう……アアァッ！」

共有された感覚はオリジナルに比べると弱いらしいが、理緒も続いてオルガスムスを迎えた。その際の痙攣が指を伝い、竜也のアヌスに到達する。

（なっ……まずい、俺もイクっ……出る……ッ）

未知のスイッチを押された格好の竜也も、双子を追うようにして白濁汁を放つ。

「あひっ⁉ そ、そんらっ……イッてるろに、イッてりゅところになんてぇぇっ！ あっ、あっ、ひどいっ、ご主人ひゃまの鬼畜ぅン！ イッグ、愛衣、イキながらイギます！ アァアァァッ‼」

牝悦によって完全にノーガードとなった膣内にザーメンを注がれた愛衣が、連続アクメを極めた。射精を遮らんばかりの猛烈な締めつけに、竜也も呻き声とともに大量の子種を放ちつづける。

「ひんんンッ⁉ ああっ、私も、私もイク……イキながらイック……ひぃィッ！」

そして最後に理緒までもが絶頂に絶頂を重ね、悲鳴じみた嬌声を響かせるのだった。


「お、おい、お前ら、やめろって。もう充分だって」

姉の膣内に思う存分に精子を放ち、身も心もすっきりした竜也だったが、双子メイドのお風呂ご奉仕はまだ終わってはいなかった。

「いいえ、射精していただいたあとのお掃除は、メイドの義務です。しっかりとオチ×チンの中に残った精子も綺麗にして、初めてご奉仕は完結するんです」

そう言ったのは、先程まで竜也に跨がっていた愛衣だ。今は竜也の傍らで、乱れた息を整えている。まだ連続絶頂の余韻が残っているのだろう、上気した顔と、少し掠《かす》れた声が十六歳とは思えないくらいに艶めかしい。

「そんなこと言ってるけど、結局は妹に後始末を押しつけてるじゃない、姉さん」

もう一人のメイドは、椅子に座った竜也の、股のあいだで正座をしていた。そしてその視線の先にあるのは、ローションと愛液まみれになった肉筒だ。

「あら、姉として気を遣ったつもりだったのだけど……やっぱり、わたしがご主人様のオチ×チンをお掃除する？」

「イヤとは言ってないでしょ？」

愛衣に続いて対面座位で繋がろうとした理緒だが、

——お仕事で疲れて、夕ご飯も食べてないご主人様に連続で可愛がってもらうのは、甘えすぎです。

姉にこう言われて、渋々引き下がったすえの妥協案が現在の状況だった。

（確かに腹も減ったし、ちょっと逆上せてもきたしな……）

双子姉妹を可能な限り平等に扱うというのが竜也のポリシーではあるが、無茶はできない。万が一、立ちくらみなどを起こして転倒し、怪我《けが》でもしたら、二人がどれだけ責任を感じるか、想像に難くない。

「さ、私もお腹空《す》いてきたし、さっさと始めるわよ、ご主人様。あーん」

「待て待て、せめてシャワーで洗い流してから……くおっ！」

ローションはまだしも、竜也と姉の体液でどろどろになったペニスを、理緒は躊躇なく咥えた。射精直後のため感度が高いままの亀頭を温かな舌が這い回る愉悦に、竜也は声を抑えられない。

（理緒のやつ、あんなに口を大きく開けて、一所懸命にべろ動かして、頬をへこませて俺なんかのチ×ポをお掃除フェラしてくれてる……！）

肉体的な快感に加え、精神的な感動も竜也を喜ばせた。

「いかがです？　理緒の愛情たっぷりのご奉仕は」

喋《しゃべ》れない妹に代わり、姉が感想を求めた。

「最高だ。こんな幸せがあっていいのかと怖くなるくらいに極上だ。……おおっ!?」

竜也が心の内を正直に言葉にすると、理緒の吸引が急に強くなった。同時に竿部分を手でしごき、尿道に残った精子をすべて吸い上げようとしているらしい。

「ずっ、ずじゅっ、じゅじゅじゅじゅじゅっ！　ぢゅっ、ぢゅぢゅぢゅうぅっ!!」

「もう、理緒ったら。ご主人様に褒められて嬉しいからって、張り切りすぎよ」

右手で茎をしごきつつ、左手で陰嚢を優しく揉みほぐされながらの愛情たっぷりのフェラチオは、この世のものとは思えぬほどの愉悦だった。

(この調子なら、理緒も抱けるんじゃないか?)

そんなふうに考えた刹那、

「ぷはっ! これくらいでどう、ご主人様? 綺麗になったでしょ?」

理緒が顔を上げた。

「……も、文句なんかあるわけない。ありがとな、理緒」

まさかここで「やっぱりお前を犯す」などと言えるわけもなく、竜也は慌てて笑みを浮かべて理緒を労《いたわ》る。

(な、なにを盛ってるんだ、俺はっ。ついさっき、愛衣に思い切り中出ししたばかりだろうがっ。姉だけじゃ収まらなくて妹まで襲おうとか、最低にも程がある!)

激しい自己嫌悪に陥っていると、理緒が竜也の耳元でこう囁《ささや》いた。

「大丈夫。続きは夜にしてもらうし。だからご主人様はちゃんと身体を休めて、ご飯いっぱい食べて、スタミナ回復させておいて」

「……!」

年甲斐もなく胸を高鳴らせた竜也はこの日の夜、これまで以上に強く、激しくメイド姉妹を愛した。もちろん、理緒を多めに可愛がったのは言うまでもない。

第三章　姉メイドの卑猥なハメ撮り

「ご主人様、こちらの書類にサインをお願いします」

「おじさんのご主人様は知らないだろうけど、今はハンコは任意だから、なくても平気。軽い気持ちでサインしちゃって」

愛衣と理緒の双子姉妹から書類に署名を頼まれたのは、二人がメイドとなってちょうど一カ月が経過した週末のことだった。

「サイン？　学校の書類か？……ぶふぅ！」

高校のプリントかなにかと思って受け取った竜也は、そこに記された「婚姻届」の文字を見て盛大に吹いた。

（こ、婚姻届!?　俺と!?　こいつらが!?）

驚きと戸惑い、そして少なくない嬉しさに一瞬にやけかけた竜也だったが、すぐに書類のおかしさに気づいた。

「おい、なんだこれ。ニセモノじゃねえか」

よくよく見れば、氏名欄がおかしかった。「妻になる人」の欄が二人分あるのだ。

しかも、すでに愛衣と理緒の名前が見慣れた筆跡で記されている。双子なのに筆跡はあまり似ていないので、簡単に見分けがつく。

「ニセモノじゃありません。特注なだけです」

「メイド協会では重婚希望者用に、特別にこういうの作ってくれてるの」

「重婚って、日本じゃ認められてねえぞ」

「当人たちが結婚した気でいれば、それは結婚になります」

「事実婚みたいなものと思ってればいいだけ」

姉と妹の表情は、真剣だった。冗談ではなく、本気の顔をしていた。

「もちろん、わたしたちの結婚相手はご主人様ですよ？」

「文字どおりの旦那様になるってわけ。まさか、イヤとか言わないでしょ？」

「ま、待て待て、落ち着け。そもそもお前ら、まだ十六だろうが。前ならともかく、今は十八歳だぞ、結婚可能年齢は。……あっ」

言ってから、己の失策に気づいた。

「なるほど。では二年後に娶《めと》っていただきますね、ご主人様っ」

「言質取ったから。もう逃がさないから。覚悟してよね、ご主人様？」

「い、いや、今のは一般論として言っただけで、別に俺がお前らとまでは」

慌てて言い訳を始めるが、愛衣も理緒もまったく聞く耳を持たない。

「さて、続いてはこちらの書類も見てください」

「実は、こっちが本題」

しれっと、別の書類を手渡された。なにかのアンケート用紙のようだ。見習いメイドの評価、などと記されている。どういうことかと尋ねると、愛衣と理緒が詳しい説明を始めた。

「研修期間が終わる？　メイドの？　俺が正式契約しないと別の家に派遣される？　なんだそれ、全部初耳だぞ、おい」

「まあ、初めて話しましたので」

「要するに、最初の一カ月は私と姉さんの研修期間だったの。あとは、暫定ご主人様であるあなたがサインしてくれれば、晴れて合格ってわけ」

続いて、別の書類が渡された。二人をメイドとして正式に雇う場合はこれにサインし、協会に提出する必要があるらしい。

「……げっ」

メイドを雇う際の料金を見て、思わずそんな声を出してしまった。

「言っておきますが、これはかなりお得な価格設定ですよ？」

「俺も適正価格、いや、むしろ安いとは思う。思うけどさ……」

メイドを雇う相場など知るはずがない竜也でも、この価格がそうとうに良心的なのはすぐにわかった。だがそれでも、竜也の懐事情ではとうてい出せる額ではない。

「ご主人様が薄給なことくらい、言われなくても当然知ってるよ？」

「ぐっ、悪かったな、安月給で」

「あ、違う。誤解しないで。そういう意味じゃないの」

理緒が珍しく慌てて首を横に振る。

「気にすんなって。稼ぎが悪いのは俺自身が一番よくわかってるさ。もうちっと俺に甲斐性あれば、お前らにもっとマシな生活させてやれたんだがなぁ」

「だから違うんだってば！　逆っ！　ちゃんと人の話を聞いて、ご主人様！」

理緒が声を荒らげる。これもまた、珍しい。

「ご主人様、理緒もわたしも、あなたとの生活に不満を覚えたことなどありません。ホントに幸せな十年でした」

姉のフォローに、理緒が唇を尖らせながらも頷く。

「私たち、別に贅沢《ぜいたく》なんてしたくないし。ただ、ご主人様の能力や頑張りが報われてないのがイヤなだけ」

「その点はわたしも同感です」

なぜか今度は愛衣までむくれた顔になる。さすが双子、そっくりな表情に、竜也はつい、吹き出してしまった。

「ぷっ。なんだよ、二人して。……まあ、自分が有能とまでは思ってないが、正当に評価されてないなぁ、程度の不満はあるかな、確かに」

過去に転職は幾度か考えた。しかし、転職活動する時間や精神的な余裕もなかったし、今より収入が落ちたら、と思うと、なかなか踏ん切りがつかなかったのだ。自分一人ならばまだしも、姉妹を育てる責任がある以上、リスクは負えない。

「ちゃんと評価される会社に入れば、ご主人様でも充分、私たちを雇えるし」

「あ。俺がお前らを雇うの、確定事項なわけ？」

「当然。こんな美少女姉妹の処女を無理矢理奪っておいて逃げるとかありえないし」

「明らかな事実誤認があるのはひとまず置いておいて、だ。現実問題、今の俺じゃあ二人を雇うなんて無理だぞ。その場合はどうなるんだ？　前の状態に戻るだけか？」

この一カ月ですっかり愛衣と理緒にお世話してもらう生活に慣れた竜也にすれば残念だが、メイドの賃金を払えない以上、諦めるほかはない。

「いえ、私と理緒はすでにメイド協会に登録してあります。つまり、依頼があれば、別の場所で働くことになりますね」

しかし、ここで愛衣の口から予想外の言葉が飛び出した。

「せっかく研修クリアしたんだし、やっぱりメイドとして働きたい気持ちもあるし？ああ、でも、怖いご主人様だったらイヤかも」

「なっ……！」

大切な娘たちが自分以外の男（とは限らないが）を「ご主人様」と呼ぶ光景を想像したとたん、竜也の胸にどす黒い感情が広がる。

「そうですね。なにしろ私たちはまだ新人です。大きなミスをする可能性もあります。その場合は、新しいご主人様にお仕置きされてしまうかもしれませんね」

「たっくんみたいな鬼畜むっつりヘンタイご主人様だったら、私と姉さん、あーなんことやこーんなことされちゃうかも」

「んなっ……!!」

愛衣と理緒が、自分の知らない輩《やから》にひどい仕打ちをされる。それは、たとえ想像だけであっても、竜也に甚大な精神的被害を与えた。

（お、俺の愛衣と理緒がそんな真似されたら……うぷっ！）

あまりの心的ダメージに、本気で吐き気を覚えた。

「ご、ご主人様っ!?　大丈夫ですか!?」

「ちょっとご主人様、顔、真っ白なんだけど!?」

よほど様子がおかしかったのだろう、双子は竜也の両腕にしがみついてくる。どちらも涙目だった。

「違うんです、わたしたちはホントは、他のところで働く気なんて、最初から全然なかったんですっ」

「ちょっとヤキモチ焼いてもらいたかっただけで、本気であなた以外をご主人様と呼ぶつもりなんて、かけらもないし！」

「へ？　そう、なのか？　じゃ、お前らは他のところでメイドはやらないんだな？」

こくこくと、何度も激しく頷く双子を見て、竜也は大きく、深く、安堵の息を吐く。

「お、怒りましたか？」

「怒った？」

ここでも姉妹はまったく同じ表情を浮かべる。

（こいつら、身体はでかくなっても、こういうときは昔といっしょなんだよなー）

カチューシャを着けた二人の頭をぽんぽんと優しく叩きながら、

「いいや。ほっとしただけだ」

安心させるため、できるだけ穏やかな声で伝える。

「あの、ですね、実はわたしたち、メイドのお給金は全額、ご主人様にお返しするつもりだったんです」

「こうすれば、ご主人様が実質的に払うのはメイド協会への手数料だけ」

「お前たちの気持ちは嬉しいけどな、労働にはちゃんと対価を払うべきだと俺は思うぞ。それに、手数料だけって言うが、そうとうな額のはずだぞ？」

竜也の会社でも派遣社員を入れたことがある。だから、派遣会社のマージン率がどれだけかを知っている。

「あ、そこはご安心ください。協会は必要最低限のマージンしか取りませんので」

教えてもらった利率は、通常の派遣会社より遥《はる》かに低かった。本当に必要経費や社会保険料などだけらしい。

「だったら、どこで稼いでるんだ？」

「ピンハネで儲《もう》けるシステムじゃないから」

「メイド協会はそもそも、メイドを日本に普及させることを目的とした団体です」

「この時点ですでに怪しさ全開だぞ」

「バックには、ご主人様もよく知るような、大きな企業がいくつも並んでます。たとえば……」

愛衣が挙げた協賛企業の名前を聞いて、竜也は目を丸くした。

「え。マジ？　俺を騙してない？　もしくは、お前らが騙されてない？」

「マジ。ほら、ここにも書いてあるでしょ？」

理緒がスマホで見せてくれたのは、日本メイド協会のサイトだった。協賛企業のリンクには、確かに様々な企業の名が連なっている。

「マジだった……」

世間ではメイドがここまで浸透していたという事実に、竜也は純粋に驚く。

「それで、ここからが本題です。協会は主とメイドの関係を持続可能にするため、財政的な支援を直接あるいは間接的に行ってます」

「？」

「要するに、メイドを雇える程度の給料を出してくれる会社への転職を斡旋してくれるってわけ」

「そこまでする……!?」

「もちろん、ただではありません。条件があります」

「ああ、わかった。それが例の書類だな？」

二人をメイドとして正式に雇う契約と引き替えなのだろうと、竜也は納得する。

「正解」

（ふむ。荒唐無稽だし、俺にとって都合のよすぎる話だが、万が一本当だったら、人生が一変するかもしれないぞ）

ダメで元々、試してみる価値はあると判断し、竜也は心を決める。

「書類をくれ。サインしてやるよ」

「はい、ご決断ありがとうございます、ご主人様」

「幸せにしてもらうからね、ご主人様っ」

「おい。しれっと婚姻届と入れ替えるな」

「…………」

「ちっ」

愛衣は頬を膨らませ、理緒は舌打ちをしながら、渋々、雇用契約書を竜也に差し出してきた。

人生が一変するかも、などと淡い期待を抱いて双子姉妹と正式なメイド契約を結んだ竜也だったが、うまくいく確率はせいぜい一割もないと考えていた。無邪気に夢を見るには、竜也は苦労と年齢を重ねすぎていたのだ。

「え？」

だから、本当にメイド協会から転職先の候補がいくつか届いたときは驚いた。

「ええ？」

実際に面接をしたあとも、どうせお断りの連絡が来ると思っていた。

「えええ？」

しかし、すぐに採用の連絡が来た。気づいたときには、転職が完了していた。

（話がうますぎる。俺、組織的な詐欺に巻き込まれてたりしないか？　もしくは長い夢でも見てるんじゃないか？）

転職して一カ月が過ぎた今でもまだ、竜也はこれが本当に現実なのか、確信が持てないでいた。そのくらいにとんとん拍子に話が進んだためだ。なにしろ双子のメイド契約書にサインしてから、たった三カ月しか経《た》っていないのだ。

「お帰りなさいませ、ご主人様」

「今日もお仕事、ご苦労様」

だが、定時で帰宅した竜也を出迎え、抱きついてくる愛衣と理緒の感触は間違いなく本物だ。エプロンドレスが夏仕様となり、肌の露出がさらに上がり、生地も薄くなったため、よけいに姉妹の柔らかさが感じられる。

「今日も蒸し暑くて汗かきまくったんだ。臭うだろうしくっつかないほうがいいぞ」

可愛い娘たちに「くさい」などと言われたら絶対に立ち直れない自信のある竜也は本気で二人を引き剝がそうとするが、

「わたしはご主人様の匂い、大好きですよ？　嗅いでると、安心するんです」

「とか言って、ホントは巨乳ＪＫメイドに抱きつかれて嬉しいくせに」

愛衣は首筋に顔を近づけてすんすんと匂いを嗅ぎ出し、理緒は腕にそのたわわなバストを押し当ててくる。

「おいこら、離れろっての。着替えらんねえだろが」

玄関から居間に来てもまだしがみついている二人をどうにか振り払った竜也は、スーツを脱ぎ始める。

「新しいお仕事はどうですか？」

竜也の着替えを手伝ってくれていた愛衣が、竜也の脱ぎたてシャツの臭いを嗅ぎつつ聞いてくる。

「やめろ、嗅ぐな。マジでやめろ。……仕事にも職場にもだいぶ慣れた、と思う」

「歯切れが悪い。なにか問題が？」

脱いだスーツをハンガーにかけていた理緒が、じっと竜也を見つめてくる。嘘は許さない、といった顔だ。

「仕事の内容も人間関係も、順調だ。やってることは前の会社と大して変わってないしな。ただ、周りの反応が以前と違いすぎてて、戸惑ってるってのが本音だ」

竜也の転職先は以前と同じ業界で、会社規模もほぼ変わらない。竜也が担当する業務も似たようなものだ。なのに、同じ仕事をしても、周囲の評価が妙に高かったり、やたらと感謝されるのがどうにも落ち着かない。

「サビ残もないし、基本定時だし、俺はまだ申請してないが、有給も普通に取れるみたいだし、上司から怒鳴られないし、同僚は優しいし、とにかくこう……俺、騙されてるんじゃないかとか、なにか落とし穴が待ってるんじゃないかとか、不安なんだ」

この一カ月、ずっと抱えていた戸惑いを素直に打ち明ける。

「ああ……わたしたちのために、ご主人様、ずっとそんな環境でお仕事されてたんですね……すみません……」

「うわ……骨の髄までブラックに染まってる……うう、私たちのご主人様、不憫《ふびん》すぎ」

「え。なにその反応。どうしてお前ら、そんな憐れみに満ちた目で俺を見てんの？」

双子がなぜそんな表情をするのかわからず、竜也の不安が増す。

「ご主人様、それがホワイトとブラックの違いです。ゆっくりでかまいませんので、傷ついた心を癒やしていきましょう。不肖わたくし、愛衣がリハビリのお手伝いをさせていただきます」

「ああ、そういうのは確かに姉さんのほうが向いてるかも。私だと、ご主人様癒やすより、からかっちゃいたくなるもの」

「別に俺、傷ついてなんかないぞ？　新しい会社の待遇がよすぎて、怖いだけだ」

「ですから、怖くなってる時点で心が弱ってます。ちょっとずつ、いっしょに治療していきましょうね、ご主人様」

姉メイドによる竜也のメンタルヘルスケアは、こんなふうにして始まったのだった。

「さあご主人様、本日の治療を始めますよ。こちらへどうぞ」

竜也の精神面のケアを担当するのは、本人の強い希望もあり、愛衣一人だ。

「姉さんの楽しみの邪魔をするほど野暮じゃないから。あと、姉さんに恨まれたくないし。あの人、怒るとマジ怖い」

理緒はそう言って辞退していた。

「なあ、愛衣、これが本当に俺のメンタルをよくするのか？　いや、そもそも俺のメンタルは最初から健康なんだが？」

言われるまま愛衣の膝に頭を乗せて寝転がった竜也は、もう何度目かの質問を繰り返した。

「あら、ご主人様は可愛いメイドの言葉を疑うんですか？」

「だってこれ、ただの膝枕じゃん」

「愛衣の太腿はお気に召しませんか？」

「いやいや、まさか！　お前の膝枕は最高だぞ！」

しゅんとなった愛衣の悲しげな表情に、竜也は慌てる。この言葉はお世辞でもなんでもなく、事実だ。柔らかさと弾力を兼ね備えた女子高生の太腿を後頭部に感じつつ、視界の大半を埋める巨大な下乳を見上げるのは、至高のひと言だ。

「ありがとうございます。……ところで、最高というのは、つまり、比較対象があるわけですよね？　わたし以外の誰に膝枕をさせたのです？」

にこやかな笑みを浮かべた愛衣が、じっと竜也を見下ろしてくる。が、

（目が笑ってない……っ）

愛くるしい外見とは裏腹な迫力に、一瞬気圧《けお》されてしまう。

「母親だよ。大昔、俺がまだガキの頃の話だ」

「ああ、お義母《かあ》さんですか。でしたら、セーフです」

竜也の両親と双子は何度か会っているし、関係も良好だ。特に竜也の両親は、愛衣と理緒を実の孫のように可愛がっており、おじいちゃん、おばあちゃんと呼ばせているほどである。

「なんだ、そのお義母さんってのは」

「おじいちゃんも、今度からはちゃんとお義父《とう》さんって呼びますよ？」

「そういうことじゃない」

「ああ、なるほど。では、大旦那様、奥様、でしょうか」

このセリフを吐いているのが理緒ならば冗談だろうと思えるが、愛衣が口にすると本気にしか聞こえない。

（実際、本気で言ってるっぽいし、こいつ）

軽口は叩くけれど意外と常識人の理緒に対し、愛衣は大真面目に、真剣に、常識か

ら少しずれた言動をするときがある。いわゆる天然である。だから、双子が揃うと絶妙なバランスを保てていたとも言える。

（逆に考えると、こいつらがソロで行動する場合は気をつける必要があるんだよな）

「おや。どうしました、ご主人様。妙に緊張されてますね。もっとリラックスして身も心も緩めてください。わたしにすべてを任せてください。悪いようにはしません」

「セリフが悪役のそれなんだが」

「わたしがご主人様に害意を抱くはずがないです。抱いてるのは愛情と敬意と欲望のみです」

「なんかよけいなものもあるが……まあ、そこは信用してる。お前が、お前らが俺を裏切るとか、そういった懸念はかけらもない」

竜也のこの言葉を聞いた愛衣はまず目を大きく見開き、続いてぱちぱちと瞬《まばた》きをしたあと、極上の笑みを浮かべた。

「ありがとうございます。その信頼と愛情を絶対に裏切らないと、わたしの命にかけて誓います」

「愛衣はいちいち言動が重いんだよ……ちょっと怖いんだよ……」

「理緒みたいな性格がよかったですか？」

「あれはあれで軽すぎる。お前らは足して二で割るとちょうどいいんだがなー」

「まったく同じよりも、タイプの違うメイドを二人侍《はべ》らせたほうが退屈しないで済むと思いませんか？　どうせわたしと理緒はいつもいっしょです。ご主人様的には常に足して二で割った状態と変わりません」

竜也の頬をさわさわと愛おしげに撫でながら、愛衣がにこやかな顔で言う。

「ですので、わたしと理緒、どっちも末永く可愛がってくださいね？」

「ああ、当然だ。ま、どう考えても俺のほうが先に死んじまうけどな」

「でも、それはずっとずっと先の話です。ご主人様には最低でも百歳まで生きていただくつもりですので」

「百は厳しいだろ」

「そのために、今のうちから心身のヘルスケアを始めるのです。まずは、記録です」

そう言って愛衣は胸の谷間に手を突っ込み、なにかを引っ張り出した。カチューシャのマークが刻印された、まだ真新しいスマホだった。正式に契約したメイドには、協会から特製のスマホが支給されるらしい。

「お前、なんてところに入れてんだよ」

「殿方はこういうサプライズがお好きと研修で学びましたので。……失礼します」

そのスマホを使い、愛衣が竜也の顔を撮影する。

「おっさんが女子高生に膝枕されてにやけてる顔を撮って、なにすんだ?」

「健康状態を調べるには、現在と過去の比較が肝要です。それにはデータが必要となります。特に画像は貴重です。これまでは隠し撮りが多くて効率が悪かったのですが、今後はヘルスケアを名目に堂々と撮影できるため、非常に助かります」

愛衣はぱしゃぱしゃと、竜也の顔や全身を撮っていく。

「おい、待て。お前、さらっと危険なワードを口にしやがったな、今。よこせ。隠し撮りしたデータ、全部差し出せ」

隠し撮りされていたなど夢にも思わなかった竜也は、驚きつつもデータの提出を求める。どんな恥ずかしい姿を撮られていたのかと思うと、生きた心地がしない。

「いくらご主人様のご命令でも、それは承服できません。あなたのデータはわたしの、愛衣の宝物なんですから」

「俺にとっては脅迫材料でしかないんだがっ」

「ご主人様は先程、わたしたちが裏切るわけがないとおっしゃったばかりです。つまり、大丈夫なのです」

「裏切りはしなくとも、俺を脅す気はあるだろ!?」

「…………」

　愛衣は否定せず、微妙に視線を逸《そ》らす。つまりは、そういうことだ。

「そのスマホ、よこせ」

　こうなれば無理矢理にでも奪おうと伸ばした竜也の手は、しかしスマホではなく、別のものをつかんでいた。愛衣のエプロンドレスから今にもこぼれそうな豊乳だった。

「あんっ。ご主人様ったら、そんなに愛衣のおっぱいを揉みたかったんですか。いいですよ、わたしのお乳はご主人様のものです、好きなだけ玩んでくださいませ」

「いや、今、お前、わざと俺の手の前に胸を突き出しただろ!?　いいからスマホをよこせっての！」

「ひゃうっ」

　今度は反対側の手を伸ばすが、またもメイド少女の巨大な膨らみによって遮られてしまう。端からは、中年男が膝枕をしてくれている美少女の巨乳を揉んでいるようにしか見えない状況だ。

「もう、ご主人様、今日はずいぶんと積極的ですね。でも、いい傾向です。性欲が旺盛なのは心身ともに元気な証です」

　自ら乳房を中年男の手に差し出してきたメイドは、相変わらずスマホでの撮影を続けている。この乳もみ画像をアップされた瞬間、竜也の社会的生命は間違いなく終わるだろう。

(くっ、それがわかってるのに、手を離せないっ。愛衣の胸を揉む指を止められないっ。この数カ月、ほぼ毎日触りつづけてるってのに、全然飽きる気配がないっ)

ミニ丈のメイド服から覗く太腿に頭を預けたまま、ずしりと重い美巨乳を揉みしだく。それはまさに、男にとって至福としか表現のしようのない状況だった。

「うふふ、その調子で頑張ってもみもみしてくださいませ。メイドのおっぱいには、ご主人様の心と身体の緊張をほぐす効果があるという論文もあります」

どう考えても嘘にしか聞こえないが、確かにひともみごとに気持ちが軽やかになってくる実感はあった。

「定時で帰ったり、お仕事で同僚の方々に感謝されたり、褒められたりすることに、まだ違和感はありますか?」

己の乳を揉ませながら、愛衣がカウンセリングを始める。

「完全には消えてないが、だいぶ慣れてきた、かな」

そんな愛衣の膨らみを両手で味わいつつ、竜也は答える。

「いい傾向です。そして、それこそが普通の、正しい状態なんです。ご主人様は今まで過小評価されてました。そのせいで自己評価も押し下げられ、心が苦しがってたんです。今後はゆっくり、縮こまっていた精神を解放していきましょう」

「そう、なのかな？　俺なんかが高い評価をされても、いいものなのか？」

「なんか、などと言わないでください。それは、あなたを尊敬し、敬愛するわたしや理緒への侮辱でもあるんですよ？」

　穏やかな声ではあったが、瞳は鋭かった。

「……悪かった」

「いいえ、ちょっとずつでいいです、自信回復していきましょう」

「……おい、なんでそこで俺のベルトを外す。ズボンを下ろす」

「精神のついでに下半身も解放したほうがよろしいかと思いまして」

　愛衣は相変わらずスマホでの撮影を続けたまま、片手で器用に、迅速に竜也の下半身を剥く。竜也も尻を浮かせて協力したとはいえ、見事な手ぎわだった。

「はあぁ……今日も素敵なオチ×チンですよ、ご主人様。見ただけでメイドを濡らす、極上のお勃ち具合です」

「見るのはいいが、撮るのはやめてくれ」

　ＪＫメイドに膝枕されながら胸を揉み、下半身丸出しで勃起している姿を撮影されるのは、かなりの恥ずかしさだった。

「んふふふ、ご主人様の羞恥の表情もたまりませんね」

だが、竜也が恥ずかしがるほどに愛衣は喜ぶ。

「実はご主人様にお願いがあるんです。このオチ×チンの勇姿を二次元だけでなく三次元でも記録する許可をいただけませんか？」

一学期の中間と期末テストで学年トップテンに入る成績を残した優等生が、真顔でとんでもない発言をする。

「あ、石膏《せっこう》で型を取るとかじゃないですよ？　今は３Ｄスキャナーがありますから。メイド協会ではレンタルしてくれますし！」

右手で撮影を、左手で肉棒をいじりつつ、愛衣が熱弁を振るう。目が完全に本気だった。

（あれ。俺、娘の育て方、間違った……？）

いつもならば姉の暴走に待ったをかける妹がいないため、事態はどんどんカオスへと向かう。

「採取したデータを元に精巧なディルドを作成して、観賞、コレクションしたいのです」

「……コレクション？」

こんな間抜けな会話をしているあいだも、竜也と愛衣は互いの胸や肉棒をまさぐりつづけている。同じ穴の狢《むじな》である。

「ご主人様を男性として意識して以降、こつこつと写真や動画などのデータを収集してきたんです」

「そ、そうか」

そこまで想ってもらえてる嬉しさと、この娘、大丈夫か、という懸念が同時に竜也の胸に去来する。

「ま、まあ、この件に関してはまた後日、話し合いましょう。今はご主人様のヘルスケアのお時間ですから」

（調子に乗って話しすぎたかも。ご主人様、少し引いちゃってる気がする）

愛衣がやや強引に会話を切り上げたのは、竜也の表情に隠しきれない不安を見てしまったせいだ。

（わたしってばすぐご主人様への愛が溢れ出まくるから、気をつけないと。理緒にも注意しろって言われてるし）

竜也に抱く己の感情が普通ではない自覚はある。愛が重く、油断すると束縛しかねない類《たぐい》の想いだが、どうにも制御できないのだ。

「んで、今日はどんなふうに俺のメンタルをケアしてくれんだ？」

愛衣の様子がおかしく見えたのだろう、竜也が声をかけてくれた。こうした気遣いに愛衣は過去、どれだけ助けられ、救われてきたことか。

「そう、ですね。今日は趣向を変えて、お話でもしましょうか」

「まあ、昨日まではヘルスケアと称してただエロいご奉仕してもらってただけだもんな……って、チ×ポいじりはやめないんか」

屹立をまさぐる手を止めない愛衣に、竜也が苦笑いを浮かべる。

「心と身体の両方を癒やし、労る必要がありますので。それに、昔わたしが風邪で寝込んだときも、ご主人様は同じようにしてくれたじゃないですか。まだ幼く無垢でなにも知らないわたしの女体をずっとまさぐりつづけてましたよね？」

「誤解しか招かない発言はよせ！　それはあれだろ、お前が咳《せ》き込んで苦しいからって、背中を撫でてやったときの話だろ!?」

「はい。その節はどうもありがとうございました」

「感謝の気持ちがあるなら、悪意しかない表現やめろよな」

「悪意なんて、かけらもありませんよ。わたし、ご主人様に対しては感謝と愛情と欲望しか抱いてませんもの」

愛しい男を膝枕したまま、メイド少女はにっこりと微笑む。欲望の証とばかりに、ペニスをしごく動きを少しだけ速める。熱い剛直が気持ちよさげに跳ねるのが嬉しい。

「あのときのわたし、凄くつらかったんです」

「そりゃ、かなりの高熱出してたしな。お前もまだ小学生だったし」

「身体よりも心のほうがつらくて、苦しかったです。申し訳なくて」

「体調不良はしかたねえだろ。そりゃ、理緒も遊びに行きたかっただろうが、そんなのお互い様だ。あいつが風邪引いて予定キャンセルしたことだってあったわけだし」

「いいえ、わたしが申し訳ないと思ったのはあの子ではなく、あなたです」

「俺？　なんで？」

愛衣が風邪をこじらせたのは、竜也と理緒との三人で遊びに行く予定の日だった。双子のために竜也が頑張ってなんとか休みをもぎ取り、かつ、豪華な弁当を用意してくれていたのに、それを台なしにした事実が悔しかったのだと、改めて告げる。

「そのくせ、看病してくれるあなたを独り占めできて喜ぶ自分もいて、凄く複雑な気持ちだったんですよ、あのとき」

「愛衣はガキの頃からあれこれ考えすぎるところがあんだよな。もっと気楽に……って、無理か。お前はお姉ちゃんだもんな。ずっと頑張ってきたもんな」

「……！」

「なに、驚いてんだよ」

「驚いたんじゃありません。喜んでるんです。日頃、あまりそういう評価をしてもらえませんから」

双子だと、姉と妹は平等に見られるケースが多い。もちろん、ふだんは等しく扱ってもらいたいのだが、なにかあったときだけ、姉の責任を負わされることも少なくない。それが、愛衣がずっと抱いていた不満だった。

「あ、もちろんご主人様は別ですよ？　わたしと理緒を平等に可愛がってくれつつ、わたしがお姉ちゃんとして頑張ってるときは、きちんと褒めてくれますし」

同じ年齢の一卵性双生児であっても、愛衣はずっと姉の責任を背負ってきた自負がある。妹の理緒と、保護者である竜也がそこをきちんと認め、評価してくれたからこそ、今の愛衣があるのだ。

「頑張ってるやつを褒めるのは当然だろ」

「でもご主人様、前の会社では褒めてもらえなかったじゃないですか」

「ここでその話題持ち出すか」

「だってこれ、ご主人様のメンタルヘルスケアですもの」

膝に乗せた竜也の頭を優しく撫でながら、愛衣が微笑む。同時に反対側の手で亀頭も撫で回す。竜也の腰が気持ちよさげに揺れるのが嬉しい。

「んふふふ、ご主人様の上半身と下半身の頭、同時になでなでできるの、幸せです」

「お前の幸せの基準はなにかおかしい」

「そうですか？……で、いかがです、新しい会社は。ブラックに壊され、侵されたメンタルはまだ元に戻りませんか？」

「前の会社がおかしかったんだな、と気づく程度には復調してきたぞ」

「それはよかったです」

この言葉は愛衣の偽らざる感想だった。

「ブラック企業は、いわば、カルトみたいなものだと聞いてます。その洗脳を解くお手伝いができただけでも、わたしたちがメイドになった甲斐はありましたね」

「お前らが突然メイドになったあのときには、想像だにできなかった状況だな。感謝してるよ、愛衣」

「ありがとうございます。ただ、どうせなら頭をなでなでして褒めて欲しいです」

「お安い御用だ。……って、届かねえ。少し前屈みになってくれ」

膝枕をしたままなので、竜也の手は愛衣の頭には届かない。そしてこれこそ、愛衣の狙っていた展開だった。

「はい、こうですか。……えいっ」

前屈みになり、竜也の顔面にバストを押しつける。大きく胸元の開いたメイド服のため、竜也の吐く息が肌に当たるのがはっきりと感じられた。

「んぶっ、んぶぶぶっ！」

鼻と口を塞がれた竜也がぱんぱん、と腕を叩いてきたので、愛衣は身体を持ち上げる。

「ぷはっ！　おいこら、お前、絶対にわざとやっただもごごっ！」

竜也の抗議は、再びメイドの胸によって阻まれた。しかも今回はエプロンドレスを下ろしたため、ダイレクトに乳房が竜也の顔を柔らかく包み込む。

「大丈夫ですよ、ご主人様、落ち着いて鼻で呼吸をしてくださいませ」

もちろん、主を窒息させるのが目的ではない。期待でしこった先端を竜也の口にねじ込みつつも、鼻は塞がないよう身体の角度を調節する。

「もがっ、もががっ!?」

「あんっ、愛衣のおっぱいを咥えたまま喋ったら、くすぐったいですよぉ」

膝の上で身をよじる竜也を愛おしげに見下ろしながら、愛衣は少しだけ前に屈む。柔乳で竜也の鼻を軽く塞ぐのが狙いだった。

「んむむ……！」

すると竜也が急におとなしくなったので、愛衣はすぐに姿勢を戻す。

「はい、いい子いい子。ご主人様は暴れず、静かに愛衣のおっぱいをしゃぶっていればいいんです。メイドの乳首には、精神安定効果があるんですから」

下手に逆らうとまた息ができなくなると理解したのだろう、竜也はなにか言いたそうな目をこちらに向けたものの、こくん、と小さく頷いた。

「ご主人様の心身には、長年無理をしてきたストレスが蓄積されてます。これはすぐには解消できません。少しずつ、わたしが癒やしてあげますね」

四十一歳の中年男に乳首を吸わせた十六歳の美少女メイドはそう言って、慈愛に満ちた笑みを浮かべるのだった。

（ぬおおっ、なんだこれ、なんなんだこのシチュエーションはっ！）

十六歳のＪＫメイドに膝枕をされた状態でピンク色の乳首をしゃぶっていた四十一

歳の独身中年男は、残念ながら愛衣の天使のごとき微笑みは見られなかった。視界のほぼすべてが、真っ白な乳房で覆い尽くされていたせいである。

(目の前にはたわわなおっぱい！　口にはつんと尖った乳首！　後頭部には至高の太腿！　頭なでなで！　そして、チ×ポなでなで！　こんな幸せなことがあっていいのか!?　俺なんかに!?　死ぬの、俺、このあと死ぬの!?)

娘と思って大切に慈しみ育ててきた双子姉妹に、己の醜い欲望を知られてしまったあの日の絶望から一転、想像を超える至福の状況に、竜也は激しく混乱していた。

(可愛い娘たちがメイドになって、処女を俺みたいなやつに捧げてくれて、気づいたら新しい職場も紹介してくれて……なんなの!?　俺、残りの人生の運、全部使い切っちゃってない!?)

運も寿命も使い果たすのはかまわない。ただ、愛衣と理緒がちゃんと成人するまでは見届けたい、見守りたいというのが、竜也のまぎれもない本心、願いだった。

「うふふ、ご主人様、お可愛いです」

顔の上から愛衣の声と、カメラのシャッター音が聞こえてきた。

(えっ。俺、また撮られた!?　こんなみっともないところを!?)

その羞恥に、竜也の意識が現実へと引き戻される。

「ぷはっ！　お、お前、また写真を」

「あん、ダメですよ。まだおっぱいリハビリの途中なのに。しかたないご主人様ですねえ」

　まるで子供をあやす母親のような口調で、愛衣が竜也の頭を自分の太腿から下ろす。一瞬、膝枕がなくなった喪失感に襲われた竜也だったが、

「さ、次は愛衣のオマ×コでいい子いい子してあげます」

　それを愛衣は、文字どおりに穴埋めしてくれた。

「ぐうぅッ！」

　竜也の腰を跨いだと思ったときにはもう、怒張は愛衣の蜜壺の中にあった。ずっと勃起しっぱなしだったペニスが温かい膣粘膜に包まれ、締めつけられる。いきなり暴発してもおかしくないほどの愉悦だった。

「はあぁ……っ！　ご主人様のオチ×チン、素敵ですよぉ……あぁ、わたしのオマ×コいっぱいに、ご主人様を感じますぅ」

「お、お前、いきなり挿れて大丈夫なのか？」

「はい、ご主人様を甘やかしているあいだ、ずうっとここ、うずうず、むずむず、むらむらしてましたので」

一気に根元まで剛直を呑《の》み込んだ愛衣は、己の下腹部を愛おしげに撫で回す。母性と牝性、そのどちらも感じさせる優しくも淫らな笑みを浮かべつつ、スマホのレンズを竜也の顔や結合部へと向けてくる。

（シャッター音が聞こえない？　でもレンズはずっとこっちに向けて……あっ！）

「お前、写真じゃなくて、動画撮ってるのか!?」

「はい。せっかくのご主人様との貴重なラブラブご奉仕タイムです、しっかりと記録しておこうと思いまして」

「やめろって！　万が一にでも流出したら、人生終わるぞ！」

「セキュリティ対策は万全です。それに、いざとなればご主人様が責任取ってくださると信じてますし。……はっ！」

ここで愛衣が突然、なにかに気づいたような顔になった。

（こ、こいつ、わざと流出させて、俺に責任取らせる手があったか、とか考えてやがるな!?）

ふだんは妹に比べて常識的な言動をする姉だが、本当に危険な真似をするのは、実はこちらのほうだと、竜也はよく知っている。

「俺はちゃんと責任を取る！　お前も理緒も、俺が死ぬまで面倒を見る！　だから、おかしなことは考えるな、実行するな！　わかったな!?」

「はうぅっ！」

竜也が叫ぶと、愛衣の肢体がびくびくっ、と痙攣した。同時に膣道がねじれるように窄まる。それは、愛衣の絶頂の際の反応だと知っている竜也は驚く。

（え？　俺もこいつも、まだ動いてないよな？　なんでイッてんだ？）

なにが起きているのかと訝しんでいると、小刻みに身体を震わせたまま、愛衣が持っていたスマホでなにやら操作をする。

「愛衣？」

「ご、ご主人様のプロポーズ、確かに聞きましたっ、録画しましたっ、たった今、クラウドにアップしましたっ！　これでもう、言い逃れはできません！」

「……別に、逃げやしねえよ。俺のほうはとっくに覚悟決めてんだから」

どうやら愛衣は、竜也の先程の発言をプロポーズと拡大解釈したらしい。

（ま、別に間違いでもないし、なんか喜んでるみたいだし、わざわざ訂正する必要もないか）

求婚された嬉しさでエクスタシーに至るほどに想われていた事実が、竜也にはたまらなく嬉しかった。そして、自分に跨がったメイドの美しさと艶めかしさに獣欲が刺激される。

「愛衣」

「あっ……ダメですよ、ご主人様は動かないでください。ケアの最中は全部、わたしがするんです。ご主人様はただただ、わたしに、愛衣に身も心も人生も委ねてくださればいいんです」

腰を突き上げようとした竜也をやんわりと制し、愛衣が尻をくねらせ始めた。勃起を軸に、まずは小さな円を描き出す。ペニスを三百六十度取り囲む膣粘膜による締めつけは、極上だった。

「んん、ふっ、ふっ、ふううぅ……ご主人様の、逞しいですよぉ……はっ、はっ、あっ、凄い、です……メイドをダメにする、凶悪なオチ×チンですぅ……あはあぁ！」

愛衣は片手を竜也の胸につく。これによって身体を安定させた愛衣は、グラインドを速く、大きくしていく。

「なあ、スマホを持ったままだとつらくないか？」

「だ、大丈夫、です。これは将来、ご主人様の介護をするときの大事な参考資料になります、ので……アアッ」

「介護に騎乗位の動画いらんだろ!?」

「いいえ、必要です……んふっ、ご主人様が寝たきりになっても、こうしてわたしたちが跨がり、腰を振って、お情けをいただきますので……はうぅっ、ここ、ここ、たまりませんっ、ああっ、ご主人様ぁんっ」

　起き上がれなくなった状態で勃起なんてできないだろうと思う一方で、愛衣たち相手ならば、などとも考えてしまう。

（というか、なんか怪しげな薬とか盛られて、強引に勃たされる気もする……）

　そんな事態にならぬよう、死ぬ寸前まで元気でいようと決意した直後、竜也に新たな愉悦が襲いかかった。愛衣の指が、竜也の乳首をまさぐり始めたのだ。

「ご主人様、相変わらず乳首が弱いですね。ちっちゃな乳首をメイドにいじられて喘ぐ姿、最高に可愛いです。見てるだけで濡れます、子宮が熱くなっちゃいます」

　少女に胸を責められ、妙な声を漏らした姿を録《と》られたのだと知り、強い羞恥を覚える。けれど、それと同等以上の奇妙な興奮もあった。

「はあぁん、オチ×チン、さらにお元気になりましたよぉ……凄いです、愛衣のオマ×コ、串刺しにされてますぅ……ンッ、ンッ、ンンンン……ッ！」

　密着した粘膜から牡の昂りを感じ取ったメイドが、腰振りを加速させる。だが、乳房こそ露出しているもののメイド服は着たままなので、スカートとエプロンとで秘所は見えない。

（見えないのもそれはそれでそそられるんだけど、やっぱりこの体位のときは、繋がってるところを見たいよな）

竜也は手を伸ばし、愛衣のスカートを捲り上げて結合部を覗き見る。

「もう、ご主人様のエッチ……っ」

口ではそう言いながらも、愛衣は股を広げ、身体を後ろに倒した。しかもスカートの裾をウエスト部に折り込み、手で捲らなくてもいいようにしてくれる。

「おお……！」

雪を思わせる白い肌と、肉土手を覆う濃密なアンダーヘアのコントラストが鮮やかだった。

（昔のつるつるを知ってるせいか、よけいにエロさが増すな）

愛衣たちといっしょに風呂に入っていたときは当然、性的な感情など皆無だった。だが、今は違う。美しく育った娘の最も女を感じさせる場所を、保護者ではなく、ただの一人の男として視姦する。

「んっ、イヤ、恥ずかしいです……ああっ、わたしのこんなはしたない姿、見ちゃダメです……あぁぁっ」

そんな牡の視線に、頬を羞じらいに赤らめた愛衣が顔を背ける。が、決してスカートを下ろそうとはしないし、淫猥な腰の動きも止めない。またちらちらと竜也に向けられるまなざしには、隠しきれない女の媚《こび》があった。

（ご主人様、見て、見て、愛衣のあそこ、もっと見てください……あなたに開けられて、あなたの形に躾けられた、あなた専用のオマ×コ、たくさん目で犯してください……ッ）

竜也の鋭いまなざしに、愛衣は激しく昂っていた。それは、竜也に想いが届かなかった長い時間の反動でもある。

（ずっとずっと好きだって全身で、全力で、露骨にアピールしてたのに、全然手を出してくれなかったご主人様が、今、遠慮なくわたしを視姦してるぅ）

いつになったら娘ではなく女扱いしてくれるのかと悶々としてきたこの数年間があった分、強い情欲が肢体を燃え上がらせる。まだ指一本触れてもいないのにクリトリスは卑猥に勃起し、包皮から半分以上、その姿を覗かせていた。

「見るな、だぁ？　好きな女が恥ずかしがってる姿を見ない男がいるもんかよ」

「はうぅっ！」

竜也は視線とペニスだけでなく、言葉でも愛衣を悶えさせてくる。

（そ、そんな嬉しいセリフ、ずるいですっ。さっきだって突然プロポーズしてくるしっ。ずっと夢見てたご主人様からの求婚に、わたし、言葉だけでイッちゃったんですよ？）

責任を取る、死ぬまで面倒を見る。

竜也のあの宣言は、当人の意図など関係なく、愛衣にはまぎれもなくプロポーズだった。たとえ本人が否定したとしても、である。

「ご、ご主人様、好き、好きです、ああ、大好きぃ……ひぃぃっ！」

当初の目的、もしくは建前であるメンタルヘルスケアのことなどすっかり忘れ、愛衣は女の本能に任せ、グラインドを加速させる。結合部を見せつけるように腰を突き出し、浅ましく泡立った愛液を撒《ま》き散らしながら、男根を媚穴で貪る。

「んひっ、ひっ、ひんんっ！　んはあぁっ、これ、当たる、当たりますっ、愛衣のイイところっ、弱いところっ、ごりごりってぇン！」

この体勢だと、亀頭が膣道の上側、陰核のちょうど裏辺りに当たる。ここはまさに愛衣の性感帯のど真ん中で、腰を揺するたびに鮮烈な法悦が広がった。

（こんなに気持ちイイ場所があるなんて、自分でも知らなかったのにっ。女の子の悦

びも、全部全部ご主人様が教えてくれたんですよおっ）

隠し撮りした竜也の写真や動画、あるいは洗濯するふりをして自室に持ち込んだ衣服をオカズに耽ったオナニーでは、絶対に届かなかった悦楽がここにはあった。少女の細い指ではなく、中年男の剛直だからこそ得られる快感に、愛衣は身震いをする。

「ふひっ、ひっ、ダメ、あっ、あっ、ご主人様、ダメ、動いちゃらめぇっ！」

メイドの卑猥な腰振りダンスに煽られたのか、ついに竜也もピストンを開始した。

「こ、これはわたひが、ご主人ひゃまの介護をする予行練習、なんですぅ！　だ、だから、全部わたしが動きま、ひゃあぁぁっ!?」

最後まで一人でするつもりだった愛衣の膣奥に、硬いモノが突き刺さった。自分で尻を動かすときとは角度もタイミングも深さも異なるせいで、鋭い快楽が全身を駆け抜ける。

「ダメ、ご主人様はじっとしててくだ、ひゃあぁぁっ！」

動き出したとはいえ、竜也の突き上げはまだまだ緩やかで、回転数も低い。しかし、ぱんぱんに膨れたエラは毎回確実に愛衣のスポットを擦り、切っ先は容赦なく子宮口を叩く。

「俺がじじいになったときは全部任せるが、まだまだ現役なんでな」

形勢逆転を確信したのだろう、竜也はにやりと笑うと、徐々にピストンを速めてきた。両腕でしっかりと愛衣の腰を引き寄せ、どすどすと力強い一撃を膣奥に加えてくる。

「うひっ、ひあっ、ひっ、ひんっ、いひぃぃっ！　ひゃめっ、あっ、はおっ、奥は、奥はダメなんですぅっ！」

愛衣が涙で瞳を濡らし、苦しげに喘ぎ、身をよじるほどに蜜壺内のペニスは禍々しく反り返る。

（ご主人様、わたしが身悶えるのを見て興奮してるっ。ひどい、可愛い娘が、忠実なメイドがやめてってお願いしてるのに、オマ×コをいっぱいいじめてくるぅっ）

もちろん、本当にやめて欲しいなどとは、愛衣はかけらも思っていない。もっと強く、激しく犯してもらいたい、貪られたいというのが偽らざる本心だ。

（ああっ、たまんないです、最高です、こんなケダモノ顔のご主人様に求められるなんて、幸せですぅ）

その証拠に、愛衣はダメ、やめてなどと言いつつも、スマホでの動画撮影を続けていた。自分を貫く愛しい男の姿を、必死に記録しつづける。

「ああっ、ごひゅじんひゃまぁっ！　もっ、もうイク、イギます、愛衣、おかひくな

ります ぅっ！　アッ、アッ、アアーッ！」

　オルガスムスの波が愛衣を攫《さら》う。深々と牝洞を穿たれ、子宮を縦に揺すられた刹那、愛衣は大きく仰《の》け反り、痙攣を始める。だが、竜也は止まらない。アクメに窄まる狭穴に無慈悲な追撃ピストンが加えられる。

「ひぎっ!?　やっ、やら、あっ、あっ、イッた、イッてます、愛衣、今、思い切りアクメしてましゅううぅっ！　りゃめっ、あっ、あっ、んおっ、らめっ、オマ×コ、壊れひゃうのおぉっ!!」

　あまりに強すぎる刺激に、愛衣は悲鳴じみた声を響かせる。目からは涙が、唇の両端からは涎がこぼれるが、それを拭う余裕などない。ただただ、脳を灼くような法悦があるだけだった。

（イッてるのに、またイク……イキながらイクのが止まらないっ！　イヤっ、怖い。壊れちゃう、ご主人様にわたし、めちゃくちゃにされちゃう……!!）

　恐怖を覚える裏で、壊されたい、蹂躙《じゅうりん》されたいとも思う。理性をすべて捨て、牝の本能のままに狂ってしまいたくなる衝動を止められない。

「イック、イク、イクイクイクイグぅん！　ご主人ひゃま、しゅきぃ……はほおおおっ!!」

学校では可憐《かれん》で清楚《せいそ》な優等生として通っている美少女が、動物のごときアクメ声をあげて快楽に呑み込まれる。

「愛衣、俺も、俺もお前が好きだ……オオオオッ!!」

そんな愛衣の最深部に、止《とど》めの一撃となるザーメン爆撃が始まった。垂直に、重力に逆らって次々と打ち上げられる灼熱の白濁マグマに、愛衣はもはや声すら発せられない。それほどの法悦だ。

（ダメです、ダメダメ、イッたんですよ、イッてるんですよ、イキつづけてるんですよお！　アクメマ×コにそんなに精子浴びせられたら、愛衣、溶けちゃいます……あっ、気持ちよすぎて死ぬ……死んじゃうぅ……ッ！）

発射された精液で子宮のみならず脳内まで真っ白に埋め尽くされるかと思うほどの衝撃に、愛衣は女悦の底なし沼に沈降していくのだった。

（あれ。俺、いつの間にまた甘やかされてるんだ？　ついさっきまで、完全に俺がリードしていたのに）

愛娘《まなむすめ》メイドをオルガスムスに追い込んだはずなのに、いつの間にやらメンタルヘルスケアという名目の甘やかしタイムが再開されていた。今度は膝枕ではなく、仰向けになった竜也の隣で、愛衣が添い寝をするスタイルだ。

「子供の頃、寝つけないときはこうしていっしょのお布団に入ってくれましたよね、ご主人様は」

ぽんぽんと竜也の胸を優しく叩きながら、愛衣が懐かしそうに言う。ここだけ見ると母性溢れるシーンなのだが、エプロンドレスから盛大にこぼれた豊乳や汗だくの肌、乱れた呼吸がとにかく艶めかしい。

（母性以上にエロスが溢れてて、落ち着かねえよっ）

今の愛衣の姿を見たらまた肉欲が暴走すると判断した竜也は目を瞑り、視覚情報をシャットアウトする。しかし、これは失策だった。

「エッチなミルクをいっぱい出したあとは、メイド特製ミルクで水分と栄養を補充してくださいね、ご主人様」

「んんっ⁉」

突然キスをされたと思った直後、甘い液体が口内に注がれた。口移しで牛乳を飲まされている、と理解したときにはもう、竜也はすべてを嚥下《えんか》していた。

「うふふ、いかがでしたか、愛衣の愛情たっぷり唾液ミックスミルクのお味は？ホントはここからメイドママミルクを出せたら一番なんですけど、それはもう少し先になりそうですので」

驚いて目を開けた竜也に見せつけるように、愛衣はメイド服から飛び出したたわわな乳房を揺する。

「わたしと理緒のおっぱい、まだ成長続いてるんですよね。ご主人様の赤ちゃん授かったら、きっとさらに大きくなっちゃいます」

まだしこったままの乳首を指の腹でぴんぴんと弾きつつ、濡れた瞳を竜也に向けてくる。ほんの数カ月前までは処女だったとは思えない、妖艶なまなざしだった。

「と、ところでお前、撮影した写真とか動画、なにに使うんだ？」

これ以上見ているとまたおかしな気分になってしまうと、竜也は露骨に目と話を逸らす。

「理緒との情報共有に使うこともありますが、基本的には、個人的なコレクションです」

「お前は昔から写真とか好きだったよな」

「昔というか、ご主人様といっしょに暮らすようになってからですね」

「なにかきっかけでもあったのか？」

「いつまでもこんな幸せな生活が続くとは思ってなかったので、忘れないよう記録するのが狙いでした」

竜也が引き取るまで、まともではない親や親族の元でつらい日々を送っていた少女の言葉は重い。

「あ、最初だけですよ？　だって、ご主人様はずっとずっと、わたしたちを幸せにしてくれるとすぐに確信できましたし。だから、そのあとの撮影は純然たる趣味です」

「ハメ撮りもか？」

「はい。……あ、思ったより綺麗に撮れてますね。ほら見てください、あんなにご主人様に下からがんがん突かれて揺らされたのに、きちんと補正されてます」

愛衣が見せてきたスマホを見ると、確かに画面はそれほど揺れていなかった。メイド協会が配布している特製スマホがフラッグシップモデルということもあるのだろう。

「凄いな、最近の手ブレ補正機能」

「はい。おかげで、撮影が捗《はかど》ります」

「撮影対象が俺って点だけは納得いかないが、まあ、お前が楽しんでるならいいさ。あと、流出対策だけはしっかりな」

経緯《いきさつ》はどうあれ、大事な娘が幸せに笑っている。この笑顔を守れるならば、自分はなんでもするし、できると竜也は思う。

「では次は、ご主人様がわたしを撮ってください。遠慮はいりません。思う存分、あなたのメイドを犯して、撮影してくださいませ」

（え。やっぱりさっきのなしかも。なんでもはしないし、できないかも……）

満面の笑みでスマホを差し出してくる愛衣に、竜也の決意は早くも揺らぎ始めた。

第四章　マゾメイドのお仕置きプレイ

「ご主人様、新しい会社にはもう慣れたの？」

ある日曜の昼食後、居間で本を読んでいた竜也の前に、仁王立ちのメイドが現れた。

双子の妹、理緒だった。

「おかげさまでな」

「そのおかげさまってのは、具体的には誰のこと？」

あ、これは話が長くなるやつだ、と咄嗟《とっさ》に察知した竜也は本に栞《しおり》を挟み、脇へ置く。

ちなみにこの栞は、双子が小学生のときにプレゼントしてくれた、手作りのものだ。

「そりゃあ、会社の人たちと、転職を促してくれた理緒と愛衣だが。もちろん、メイド協会の方々にも感謝はしてるぞ」

理緒の狙いが判明するまでは下手な発言は避けたほうがいいだろうと、慎重かつ無難な答えを返しておく。

「ああ、そこは理解してるんだ。でも、だったらその感謝の気持ちを相手に伝えるのが礼儀じゃない？」

（ふむふむ、要するになにか礼をしろと言いたいわけだな、こいつは。愛衣が留守のタイミングで持ちかけてきたのにも、裏がありそうだ）

双子姉妹は仲がいいが、当然、別行動もする。愛衣は今日、高校の友達と遊びに行って留守だった。

「なるほどなるほど。理緒の言うとおりだな。すまないが、どうやって礼をすればいいと思うか、いっしょに考えてくれないか？」

こうすれば理緒の狙い、つまりなにをねだっているか教えてもらえるはず。我ながら悪くない提案だと思ったのだが、理緒の反応は芳しくなかった。

「……それがご主人様の命令なら、従うけど」

（んんん？　理緒が求めてたのはこうじゃなかったか）

軽く唇を尖らせた表情は、実にわかりやすい。もっとも、理緒たちがここまで露骨に感情を表に出すのは、ごくごく一部の、心を許した相手にだけだ。だからこそ、その期待に応えてやりたいと竜也は思う。

「えっと……メイド協会の人には、どんなお礼がいいんだ？」

あとは会話をしつつ、理緒の思惑《おもわく》を探ることにした。

「それは簡単。ご主人様が今後も私と姉さんをメイドとして雇いつづけるのが、あの人たちにとって一番のご褒美」

「確かに。そうすりゃ、協会の収入になるもんな」

現在、竜也はメイド協会を通して正式に双子と雇用契約を結んでいる。いくら新人で基本料金が最低ランクとはいえ、勤務時間が三百六十五日フルタイムのため、毎月、そうとうな金額の請求が来る。

ただ、姉妹は自分たちの給与分のほぼすべてを竜也に返還してくれているおかげで、実際に支払っている額は、協会への手数料のみで済んでいた。もっとも、それでも以前であれば絶対に継続不可能な出費だ。転職による収入の大幅アップがあってこその、メイドがいる夢の生活であった。

「違う。あの人たちのホントの願いはお金じゃないし。協会にとって一番のお礼は、わたしと姉さんがご主人様と……まあ、これは今、話すことじゃないか」

理緒はなにか言いかけて、途中でやめてしまった。深刻そうではなかったので、追及はしないでおく。

「とにかく、今は現状維持で充分、協会へのお礼にはなってるから」

「ふむ。じゃあ、会社の同僚にはどんな礼がいいと思う？」

「今までどおり、真面目に働けばいいだけ」

「そんだけ？」

「真面目で誠実で有能な同僚がいるだけで充分でしょ」

「俺は有能じゃねえぞ？　もしそうだったら、前の会社でもうちょっと活躍できてたわけだし」

竜也のこの言葉に、理緒は大袈裟に肩をすくめ、首を横に振り、これ見よがしに深く、長いため息をついた。実にわかりやすいリアクションだ。家の外だとクールでミステリアスなキャラで通っているらしいが、竜也には信じがたい。

「まだブラック企業の精神汚染が続いてるの？　姉さんにメンタルケアしてもらってたんでしょ？　それとも、ただ姉さんに甘やかされてエロいご奉仕させてただけ？」

「い、いや、ちゃんとセラピーみたいなことはしてもらってるが」

最後はいつも淫らな行為になっている後ろめたさに、竜也は微妙に理緒から視線を逸らす。

「別に隠さなくてもいいし。どうせこっちにも姉さんの感覚、ある程度は伝わってきてるんだから」

「うっ」

「ご主人様に足りないのは、アピール力。自分の実績はちゃんと周囲にわかるようにしておかないと、誰かに手柄を横取りされるだけ」

「ううっ」

「まあ、見ている人はちゃんと見ているけど。だから今の会社もすぐに採用を決めてくれたわけだし」

「ああ、ありがたいよ」

メイド協会が竜也の転職を迅速にサポートしてくれた理由は、姉妹に教えてもらっていた。

——メイドを雇うために働こうとするご主人様を、協会が応援しないわけがありません。

——メイドから慕われている時点で、その主の人格は保証されているも同然。採用する企業のメリット大。しかも、ご主人様の場合は私と姉さんのダブル推薦。

メイドの普及をしたい協会と、人格評価のリスクを下げたい採用企業側の思惑が一致した、実績ある転職サポートなのだそうだ。採用側の会社の多くが、協会となんらかのかたちで関係を持っている点も大きい。

「他人も同然の子供を二人も引き取って、ちゃんと育てた時点でご主人様は極めて有能。私と姉さんになかなか手を出さなかったヘタレなところはマイナス評価だけど」

「いや、そこはプラスだろ!?」

「自己評価が著しく低いのもマイナス」

「その点は今、愛衣と改善中なんで、見逃してくれ」

「あと」

「まだマイナスあんの!?」

「可愛いメイドがなにを求めてるか、全然察知できない勘の悪さは致命的」

そう言って理緒は、ぎろり、と恨めしげに竜也を睨みつけてきた。

(ああ、もう、もうっ。なんなのこの人。どうしてここまで鈍いの!? なんで私が姉さんがいないこのタイミングを狙ったのか、ちょっと考えればわかるでしょう!?……いや、わかんないか)

己の理不尽さに気づく程度の冷静さは、まだ理緒には残されていた。

(しかたない、ここは大サービスでヒントをあげるか。あんまり時間かけると、姉さ

ん帰ってきちゃうし。今日はゆっくり遊んできてって伝えてはあるけど）

再び仁王立ちスタイルになった理緒は腕組みをして目を瞑ると、さて、どんなヒントがいいかと考える。

（わかりやすすぎるヒント出すと、なんか負けた気がして悔しい。でもうちのご主人様は鈍感だから、回りくどいのはダメ。……よし）

「全然話は変わるんだけど、ご主人様、姉さんにプロポーズしたって？」

「へ？　ち、違う、愛衣が勘違いしただけだっ」

「勘違い？　完全にプロポーズでしょ。私も動画見たけど、誰がどう聞いても私たちへの熱烈なプロポーズだよね、あれ」

姉に見せてもらった動画の中で、竜也が放った「ちゃんと責任は取る、死ぬまで面倒を見る」発言は、今も理緒の耳に残っている。

「それとも、私と姉さんとはヤリ逃げするつもり？　新しい職場で別の女でも見つけた？」

当然、竜也がそんな真似をする男ではないと理緒は知っているからこそ、身も心も捧げたのだ。この主が自分たちを裏切らないとも信じている。にもかかわらず、己の発したセリフに急に恐怖を覚えてしまう。

（あ、あれ？　職場にいい感じの女がいる可能性、なくは、ない？　私たちとは違う、大人の女に鞍替《くらが》えしたり……？）

　竜也の魅力に気づいているのが自分たちだけである保証はない。そう考えた瞬間、理緒は怒りに充ち満ちた視線を竜也に向けていた。

「ご主人様の浮気者……！」

「はぁ!?」

　竜也が素っ頓狂な声をあげる。完全な冤罪《えんざい》に対する当然の反応なのだが、勝手に腹を立てたメイド少女にはそれが誤魔化している態度に見えてしまい、ますます機嫌が悪化する。竜也にしてみれば、いい迷惑である。

「そもそも、姉さんにだけプロポーズってのが不公平。ご主人様のポリシーは、私たちを平等に扱うことだったはず」

「前提が間違ってる。言っただろ、あれはプロポーズじゃないって」

「そこが間違ってる。あんなの完全にプロポーズ。姉さんだけでなく、私もあれは確実に求婚の言葉として受け取った。二対一で私たちの勝ち」

「数の暴力！　多数決したら、我が家では俺が常に負けるじゃねえか！」

「その代わり、ご主人様には私たちを従わせる絶対的な権力があるでしょ。メイドは主の命令には絶対服従だもの。あなたが死ねと言えば私たちはあなたを殺していっしょに死ぬわよ」

「それ、無理心中！　というか、そんな命令するもんか！」

「だったら、別の命令してちょうだい」

そう言った理緒の口元に、笑みが浮かんだ。ようやく、本題に入れたからだ。自分でも回りくどかったとは思うが、ストレートに言えない性格だからしかたがない。

「命令？　いや、これといってお前たちにしてもらいたいこと、今はないけど」

「ダメ。して。私に命令して」

メイドは主を睨みつけながら命令する。主従の立場が逆転しているようだが、実際のところは違う。これは命令ではなく、懇願だ。

(早く私に命令して、ご主人様。知ってるでしょ、私の面倒な性格)

願いを込めた視線を、じっと目の前の愛しい中年男に注ぐ。竜也ならばわかってくれると強く信じて、とにかく見つめつづける。

(あ、あれ？　伝わってない？　やっぱり、ちゃんと言葉にしないとダメ？　でも、それができたらこんな面倒な真似してないし)

絶望しかけたそのとき、竜也が口を開いた。

「ご主人様を睨むわ貶《けな》すわ小馬鹿にするわ、お前、やりたい放題だな？　これは主の責任で、生意気なメイドを再教育する必要がありそうだ」

「……！」

妙に芝居がかった、棒読みに近いセリフを聞いた刹那、理緒は歓喜した。竜也にはちゃんと気持ちが通じていたと。自分の願いをきちんと聞き入れてくれたのだと。

「そ、それっぽいことを言ってるけど、要するに、可愛いＪＫメイドを手籠めにしたいだけでしょ。性的なお仕置きをしたいだけでしょ。ケダモノ」

期待と興奮に、理緒の声は震え、上擦っていた。

「悪いか？　お前みたいに若くて綺麗で可愛くてエロいメイドがいて、めちゃくちゃにしてやりたいと思うのは、男として、牡として当然だろ？」

「……っ！」

求めていた以上の言葉に、理緒はぶるり、と肩を震わせた。

（あーあー、やっちまった。まんまと理緒に乗せられちまった。愛衣の甘やかしのときもそうだったが、俺、どんどんブレーキが利かなくなってるぞ？　どっかで歯止めかけないとまずいよなぁ）

竜也は反省する一方で、これから始める行為への期待がどんどん自分の中で高まってくる気配も確かに感じていた。

（しっかし、こいつ、相変わらずわかりにくいな。あんな回りくどい誘導されても、そうそう気づけないぞ）

理緒がなにを求めているかに竜也がようやく思い至ったのは、ついさっき、じっと見つめられたときだ。理緒が繰り返し口にした「命令」という言葉がヒントとなった。

「さて、お仕置きタイムの前に、まずは布団を敷くか」

理緒にも聞こえるようにつぶやき、押し入れを開ける。期待と不安を同時に煽るのが狙いだったが、ここで理緒が予想外の提案をしてきた。

「こ、ここだと、姉さんが帰ってきたときに困る」

「ん？　でもあいつ、まだ当分帰ってこないだろ？」

「そんなの、わからないし。私はイヤよ、ご主人様にお仕置きされてるところを邪魔されるの」

お仕置きは邪魔されたほうがいいんじゃないか、などと野暮なことは言わない。理緒が自分に躾けられるのを楽しみにしているのが確認できたおかげで、竜也はさらに漲った。

「ふむ。じゃあ、どこにする？」

理緒にはなにか希望があるのだろうと、素直でないメイドに水を向ける。

「こっち」

理緒は竜也の手を握ると、居間を出た。家の外はさすがにまずいぞ、と思ったが、幸い、目的地はちゃんと自宅内だった。

「俺、入ってもいいのか？」

しかし、家の外とは別の意味で竜也は躊躇した。理緒の私室だったからだ。愛衣の部屋はこの隣に、別にある。

「私、部屋に入っちゃダメなんて言った記憶ないけど」

「俺も言われた記憶はないが……普通、年頃の女の子が親、特に男親に部屋に入られるのはイヤがるもんだろ？」

双子が中学生になると同時に、竜也はそれぞれに個室を与え、ドアに鍵もつけた。

竜也はよかれと思ってしたのだが、

「別にイヤじゃないし。鍵だってほとんど使ったことないし。というか、最近はずっとドア、わざと開けてたし。特に夜は」

どうやらよけいな気遣いだったらしく、理緒が恨めしげな視線をよこしてきた。

「わざと開けてた？　なんでだ？　俺に見せたいものでもあったのか？」

「ご主人様が夜這いに来やすいためにに、だけど。他に理由なんてある？」

「そんな、さも常識みたいな顔されてもさ……。お邪魔しまーす」

さらに険しくなった理緒の目から逃げるように、竜也は娘の私室に久々に足を踏み入れた。他の部屋と同様の和室は、女子高生の部屋にしてはちょっとシンプルすぎると思うくらいに、きちんと整理整頓されていた。

「綺麗なもんだな」

「掃除はメイドの基本。当然」

理緒が誇らしげに胸を張る。やたらと布面積の少ないエプロンドレスに押し込められた乳房がぶるん、と揺れる様に、ついつい目が向かってしまう。そして、そんな竜也の視線の動きを見逃してくれるメイドではなかった。

「女子の部屋に侵入したとたんに乳を視姦するとか、うちのご主人様はホントに鬼畜でヘンタイでケダモノ」

そう言って理緒は、両腕で自分の胸元を隠す。けれど、これが理緒の誘いであることを竜也はすぐに見抜いた。実際は隠すどころか両脇から乳房を真ん中に寄せて谷間を強調していたし、こちらを見つめる瞳は妖しく潤んでいたためだ。

（ったくこいつは……）

無論、ここでは気づかないふりをしておく。代わりに、遠慮なく美少女メイドの深く、柔らかそうな膨らみをじっくりと観察させてもらう。

「確かに掃除はきっちりされてるな。でも、あれはなんだ？」

美しい谷間を堪能《たんのう》したあとで、部屋の真ん中に敷きっぱなしの布団を指さす。

「布団だけど。せっかくの休日だし、少しお昼寝でもしようかと思って」

「予備の布団をわざわざ引っ張り出してか？」

姉妹はメイドになって以降、夜は居間で、竜也といっしょに寝ていた。布団も、居間の押し入れにしまっている。つまり理緒はわざわざ別の布団をここに運び込み、敷いたこととなる。目的は、考えるまでもなかった。

（最初から俺をここに連れてくる狙いだったってわけか。めんどくさ可愛いやつだなあ、俺のメイドっ娘《こ》は）

このクールな美少女が、竜也に見つからぬようこっそりと予備の布団を引っ張り出し、自室に敷いている姿を想像し、危うく吹き出しかける。

「ご、ごほん。……愛衣の部屋も、これくらい綺麗に片づいてるのか？」

緩んだ口元を隠すために咳払いをして、話題も逸らす。

「姉さんの部屋は、ある意味、凄く綺麗。私は素敵だと思うけど、ご主人様はやめたほうがいいと思う」

「そんなふうに言われると、逆に興味が湧くが」

「隠し撮りされた自分の写真が壁一面に貼られてる部屋、入りたいの？」

「……遠慮しておく」

「うん、それがいい。侵入するなら、姉さんのとこより、ここがオススメ。さっき言ったとおり、鍵はかけてないから」

理緒はすすす、とドアの前に移動すると、後ろ手で鍵をかけた。

「今、かけたじゃん。音、聞こえたぞ」

「気のせい。ご主人様もそこそこいい歳だし、耳が遠くなってるのでは？」

ドアの前に立ったまま、理緒はぷい、と横を向く。そのくせ、目だけはじっと竜也を捉え、動かない。明らかに、なにかを期待し、待ち焦がれている姿だ。

「モスキート音はとっくに聞こえなくなってるが、そこまでじゃねえぞ」

言い返しつつ、理緒の狙いを考える。

（って、考えるほどでもないか。単に、愛衣の話題を出されて面白くなくなっただけだな。今は自分だけ見てろってヤキモチか）

仲のいい姉妹だからこそ、平等に扱って欲しいという気持ちが強い。それは竜也も理解しているので、以降は理緒に集中しようと決める。

(さてさて、どんなふうにいじめて、可愛がってやるかな)

(あ。ご主人様の雰囲気が変わった。お布団で私たちをいじめるときの顔になった)

竜也の中で、保護者からご主人様にモードが切り替わったことを察知した理緒は、メイド服に包まれた肢体を熱くする。

(早く、早く命令して。ご主人様も知ってるでしょ、私は誰かに命令されないと、なんにも決められないダメな娘だって)

ほぼ同じ遺伝子を持ち、ほぼ同じ時間をいっしょに過ごした理緒と愛衣だが、決定的に異なる成長環境が一つ存在する。理緒が妹で、愛衣が姉である点だ。なにかを決めなくてはならない際、理緒は無意識に姉を頼るくせが現在も抜けていないのだ。

(姉さんは自分の意志でどんどん進むけど、私は無理。迷っても、誰かに決めてもらわないと一歩も踏み出せない)

だから、理緒は上目遣いに竜也を見る。絶対の信頼を置く大好きな男の口からの、絶対に逆らえない指示、否、命令を待つ。

「理緒、そこの布団で四つん這いになれ」

「そ、それって……命令？」

「ああ、ご主人様として、メイドであるお前に対する命令だ」

いつもよりも低い竜也の声が、心と子宮とに響く。

「め、命令なら、しかたないよね」

言われたとおりに、このときのために敷いておいた布団で四つん這いとなる。竜也に向けた尻が勝手に揺れてしまうのを止められない。

（な、なにされちゃうのかな。やっぱり、いじめてくれるんだよね？　だって私、ずっとご主人様にひどいことばっかり言ってたもん）

「お前はさっき、部屋の鍵はほとんど使ってないって言ったな。じゃあ、どんなときに施錠してたんだ？」

（ああん、そこから責めてくるの？　さすがご主人様、こっちの予想以上のことを私たちにしてくれるぅ。好き。好き。大好きぃ……！）

心の中は早くもとろとろに蕩け始めていたが、顔の緩みはなんとか堪える。一秒でも長く生意気なメイドを演じれば、それだけ竜也が嬲ってくれると考えたためだ。

「き、着替え、とか」

「嘘をつくな。正直に答えろ」

（はうん！　わかってる、これ絶対わかってて聞いてるぅ！　ご主人様、鬼畜っ。ヘンタイっ。でも好き、大好きっ！）

嬉しさと恥ずかしさに女体を熱くしながら、理緒は答える。

「オ、オナニーのときは、鍵、かけてた」

想像以上の羞恥に、声が震えた。しかし、この恥辱こそ、理緒が求めていたものなのだ。

「なるほど。だがいくら鍵をかけてもお前らの場合、感覚が共有されてるから、意味はないんじゃないか？」

「ある程度離れてれば平気だし」

「そっか。距離に反比例するんだったな。……じゃあ、今日はどんなに激しくしても、愛衣にはわからないってわけか」

「そ、そうなるね」

いったいどんなお仕置きをされるのだろう、どれほど厳しい躾《しつけ》が待っているのだろうと、期待に下腹部が切なく疼くのを止められない。尻の揺れはますます大きくなるばかりだ。

「ち、ちなみに、自分でするときは、なにを想像してたんだ？」

（あん、ご主人様も緊張してる。恥ずかしがってる。ダメ。メイドを言葉責め、羞恥責めする鬼畜ご主人様って設定なんだから、もっと堂々としてて。私を本気で怖がらせて。いじめて。泣かせて）

Sになりきれない点は少しばかり不満だが、これはメイドである自分が徐々に教育していけばいいと考える。主を育てるのもメイドの仕事なのだ。

「オカズは……誰だと思う？」

だから敢えて、挑発するような質問を返してやった。

（もちろん、私や姉さんが欲情する相手なんて、世界中であなたしかいないけど。でも、ご主人様の面倒な思考回路だと、ここでよけいなこと考えちゃうんでしょ？）

「……ど、同級生、とか、芸能人、とか……？」

竜也とて、自分が独り遊びのオカズにされている可能性は考えているはずだ。しかし、ここで百％の確信、自信を持てないのが竜也なのだと、理緒はよく知っている。

（そんな性格してるから、貧乏くじばっかり引かされるのに。前の会社もそうだし、私たちみたいな子供を親戚に押しつけられて、人生を棒に振るんだよ？　まあ、おかげで私と姉さんは最高に幸せになれたんだけど）

「まさか。私が牡と認識してるのは、あなただけ。ご主人様だって、ホントはわかってるくせに」

「そ、そうか。……主をオカズにするとは、ずいぶんとはしたないメイドだな？」

理緒の言葉で自信を回復した竜也が、再びご主人様お仕置きモードに戻る。

「そんなふしだらなメイドには、罰が必要だ。では、ええと……」

具体的にはどんなペナルティを科そうかと考え始めた竜也に対し、

「つまり、懲罰として、この場でご主人様を使ったオナニーを再現しろと。なるほど、さすが鬼畜なご主人様。わかった。やる。恥ずかしくてみじめで屈辱だけど、ご主人様のご命令なら従わざるをえない」

理緒はあらかじめ考えておいた言い訳を、早口でまくし立てた。

「えっ。いや、俺はそこまで……ああ、そうだ。俺をどんなふうに使ってしてたのか、やってみせろ」

理緒の本心を汲《く》んだ竜也も、演技に乗ってくれた。

「お、女の子に、目の前でオナらせるとか、ホントに鬼畜」

口では文句を言いつつも、その声は明らかに弾んでいた。

「じゃあ、ご主人様はそこに座ってじっとしてて」

「こうか？……うおっ!?」

布団の端であぐらをかかせた竜也の股間に、理緒は躊躇なく顔を突っ込んだ。

「逃げないで。言ったでしょ、私がどんなふうにしてたか見せろって。今回は、ご主人様の服の匂いを嗅ぎながらするって設定」

これは半分は事実で、半分は嘘だ。竜也の服や写真をネタに自慰に耽るのは、主に姉の愛衣であり、理緒は自分の妄想をメインに使っていた。だが今回はせっかく竜也本人が目の前にいるからと、咄嗟のアドリブだった。

（んふふふ、なんだ、ご主人様のオチ×ポ、もう半勃ち、ううん、七割八割勃ってるじゃない。そっか、私へのお仕置きプレイ、そんなに期待してくれてたんだ。エロ。スケベ。ヘンタイ。大好き）

ジャージ越しに感じる肉棒の硬さに、十六歳の女体がますます熱を帯びる。子供のときからずっと変わらない笹倉家の洗剤の匂いに、竜也の濃密なフェロモンが混じる。

（はあああぁ……ご主人様の匂いぃ……ダメぇ、これ嗅ぐだけでスイッチ入るぅ、私、この人の肉穴になっちゃうよぉ）

純潔を捧げて数カ月、条件反射で女体に火が灯《とも》る。自分の処女を奪ってくれた肉棒に頬ずりしつつ、メイド服の中に手を潜らせ、乳房と秘所をまさぐり始める。

「んっ、ふっ、ふわあぁ……あっ、あっ、んっふ……！」

左手で柔房と乳首を、右手でクレヴァスをいじる。まだ始めた直後なので軽く触れただけなのに、想像していた以上の快楽が身体を駆け巡った。

（いつものオナニーと、全然違う……やっぱり、本物をオカズにしてるせい？　それとも、ご主人様に視姦されてるから……？）

恐らくはその両方なのだろうが、もはや、そんな理屈などどうでもよくなっていた。

「ご、ご主人様のオチ×ポ、ごりごりしてるぅ……はっ、あっ、んんっ……ダメ、見ちゃダメっ、エッチ、覗き魔ぁ……アアッ」

顔の下半分をジャージの股間に擦りつけながら、情欲に濡れた両目で竜也の顔を見つめる。もちろん、胸と股ぐらを玩ぶ指は動かしつづけたままだ。

（見てる、見てる、ご主人様、私の、理緒のオナニー、ガン見してる、視姦してくれてるぅ！　ちゃんと興奮してるんだ……こんなにオチ×ポ硬くしてくれてるよぉ）

より強く竜也の局部に顔を埋めると、代わりに尻がぐぐっと持ち上がる。ただでさえ短いスカートは完全に捲れ、ショーツに包まれたヒップが丸出しになっている。

「んふふ、ご主人様、窮屈でしょ？　今、楽にしてあげるね。えいっ」

慣れた手つきで竜也からジャージとパンツを剝ぎ取ると、雄々しく膨らんだ男根がの露になった。嗅いだだけで愛液の分泌が促される、あまりに濃密な牡の匂いだ。

（はあぁ、すっごい……エグい……私たちを毎晩可愛がってくれる、メイド想いの凶悪オチ×ポぉ……っ）

勝手に口が開き、舌がだらしなくはみ出る。可能ならば、今すぐにでも舐め、咥え、しゃぶりたいところだが、滅多にない二人だけのご奉仕タイムなので、ぐっと欲望を堪える。

「ねえ、ご主人様、せっかくだし、理緒のオナニー、もっと間近で見てみない？」

（ふおおお！　マ×コが！　目の前に理緒のマ×コがっ!!）

理緒に促されて布団に仰向けに寝た瞬間、竜也の視界いっぱいに魅惑の光景が展開された。

（ゆ、指、挿れてるっ。うわ、こうして間近で、明るいところで見ると、マジで狭くて小さい穴なんだな）

まだ処女と言われても余裕で信じられるくらいに清楚な女陰と、そこを淫らに、激しくまさぐる指の動きの対比に目と意識とが奪われる。

「はっ、はっ、んん……ご主人様、ご主人様ぁ……アアッ」

薄く、色も淡い小陰唇の奥に潜む膣穴を細くしなやかな指が往復するたびに、くちゅくちゅと淫猥な水音が立ち、透明な汁が掻き出されてくる。

（うお、うおお、エロい……なんてエロいんだ、指オナ……！）

クンニリングスなら、何度もしたことがある。けれど、それとは異なる淫靡さが自慰にはあった。

（溢れ出たマン汁を指で掬《すく》って、クリにまぶしてる。なるほど、理緒はこんなふうにオナるのか）

娘同然に育ててきた少女の赤裸々な独り遊びを目の当たりにする背徳感は凄まじい。だが、興奮はその何倍もあった。

「もう、ご主人様、発情しすぎ。鼻息、めちゃくちゃ当たってくすぐったいんだけど。私のオマ×コなんて、毎晩のように見てるし、いじってるし、犯してるくせに」

そんな理緒の揶揄の声が、竜也の下半身のほうから聞こえてきたのは、二人が互い違い、いわゆるシックスナインの体勢になったためだ。

「お、お前の鼻息だって、そうとうなもんだぞ、理緒」

「当然。だって今、私の目の前にあるのは代替品じゃなくて本物なんだから」

垂れ下がったメイド服のスカートで隠れているため、理緒がどんな表情で竜也の勃起を眺めているかは見えない。わかるのは、屹立に当たる熱い息だけだ。しかし、情報が限られているがゆえに、よけいに興奮するのも事実だった。

（こいつ、俺をオカズにしてたって言ってたな。こんなくたびれた中年男のなにがいいんだか。理緒なら、中学でも高校でも、いくらでも同世代のイケメンとつき合えただろうに）

保護者としては申し訳ない気持ちになる。その一方で、この若く賢く美しい少女に選ばれた現実に、男の優越感が満たされるのも間違いない。

「ぬおおっ!?」

そこへさらに満たされるものが加わった。オカズに供されていたはずの剛直が咥えられたことによる、甘美な快楽だ。

「ぬちゅ、ちゅ、くちゅ、ちゅっ、じゅっ、じゅるっ、じゅぽぉっ！」

いきなり深々と呑み込む、濃密で淫靡なフェラチオだった。聞こえてくる音もそうとうに卑猥だ。しかも、口唇奉仕に合わせるように膣に出し入れする指も加速し、こちらからも湿った水音が立つ。

「ちょっ、理緒、お前、なんで……ふおぉっ！」

理緒にねだられるかたちで自慰行為を見せろとは命じたが、ここまでやれとは言っていない。完全に理緒の独断だった。もっとも、竜也にしてみたら嬉しい展開なので、止めはしない。

(こんな可愛いメイドにシックスナインの格好でフェラされて、オナるところ見せてもらえるなんて、最高すぎるだろ……！)

敏感な亀頭が口いっぱいに頬張られ、ぬるぬるの舌で舐め回される。大量の涎といっしょに先走り汁を音を立てて啜られるたびに、四十一歳の腰が勝手に浮き上がる。

「んぶっ、ふっ、んっ、ぶじゅっ、じゅっ、ずじゅるるっ！　ふーっ、ふっ、ふむぐっ、ふっ、んんん……ぐぷっ、じゅぷっ、ぐぷっ、ぢゅぷぅっ！」

ふだんのフェラチオに比べても、明らかに大きく、浅ましい音なのは、竜也に聞かせるためなのだろう。狭洞を掻き回す指も、膣粘膜をまさぐるというよりも、愛液を泡立て、水音を響かせるための動きに見えた。

「ああ、理緒はこんなふうにオナってたんだな。エロくて最高だぞ。見てるだけでイッちまいそうだ」

ここは視線とセリフだけで煽るのが正解と判断した竜也は、敢えて手を出さないでおく。そして、どうやらこの判断は間違ってはいなかったとすぐにわかった。

「んむぐっ、んぐっ、んごっ……おごっ！」

(なっ、どこまで深く咥えてんだよっ。今、先っぽが喉に当たったぞ!? 無理すんなよ、理緒……!)

過去にもディープスロートをしてもらったことはあるが、そのときよりさらに深くペニスが咥えられた。苦しげに噎《む》せつつも、蜜穴を攪拌する指ピストンはどんどん加速していく。理緒が悦び、昂っている証だ。

「もごっ、ごっ、んごっ、んぐぐっ……ふむっ、ふーっ、ふっ、ふーっ!」

膣口から溢れる秘蜜は白く泡立ちながら、糸を引いて竜也の顔に垂れ落ちてきた。本気で絶頂に向かおうとする女の、牝のオナニーに、怒張がびくびくと暴れる。

「ごふっ!? おごっ、ほっ、おっ……もごごっ……!!」

その拍子に鈴口が喉奥にぶつかった刹那、理緒がオルガスムスを迎えた。くぐもった声が聞こえたと思った直後、熱い飛沫《しぶき》がぷしゅぷしゅと竜也の顔面へと降り注ぐ。

(イッた。イッてる……俺のチ×ポをしゃぶったままオナニーで潮噴いてる……!!)

竜也は瞬きすら忘れ、愛娘メイドの自慰アクメを食い入るように見つめつづけるのだった。

(潮噴きは治まったか。でも、まだ波は引ききってない感じだな。ときどき尻がびくって跳ねるのがエロ可愛いな。……うひっ!?）

桃を思わせる愛らしいヒップラインを眺めていた竜也の尻が、突然跳ね上がった。

まったく無防備だった肛門に、突然指を突っ込まれたせいだ。

「り、理緒っ！」

「うふふふ、ご主人様は相変わらずアナルがザコだね。ちょっと触っただけなのに、
腰が思い切り浮いちゃったもん」

「触っただけじゃねえだろ、がっつり指、挿れただろーが！」

「気のせい、気のせい。……ずぷっ」

「おっふ！」

先程よりも深く、菊穴をほじられた。

「お風呂のときも、こんなふうに情けない声だったよね。いい歳して、お尻の穴いじ
られたくらいでみっともない。えい、えい」

竜也の反応に気をよくしたのか、理緒はしつこく中年男の裏門を責めてくる。痛み
はないが、違和感と屈辱感があった。

（なんかぬるっとしてないか、こいつの指？　風呂場で使ったあのローションとは違
う感じだが……あっ！）

この細指は先程まで膣穴をまさぐっていた事実を思い出す。つまり、理緒の愛液が潤滑油代わりとなっているのだと気づき、竜也は倒錯した興奮を覚えた。

「ご主人様のオチ×ポ、思い切り跳ねたよ？　もしかして、わかっちゃった？　そう、今、あなたのアナルをほじほじしてるのは、私のぬるぬるオマ×コを掻き回してた指。どう？　愛娘メイドのマン汁ローションは？」

黙っていれば清楚な美少女の口から次々と飛び出す卑猥なワードの連続に、竜也はより昂ってしまう。理緒のことだから、当然、狙ってやっているのだろう。しかし、言っている本人もそうとうに恥ずかしいらしく、声が上擦って聞こえた。

（理緒のマ×コをほじってた指が、俺の尻穴を……!?）

凄まじい背徳感は歪《ゆが》んだ快感へと変換され、竜也の分身を漲らせる。

「あーあ、ガマン汁溢れまくりだよ？　メイドにアナルほじらせて気持ちよくなるとか、恥ずかしくないの？　こんなヘンタイなご主人様の相手できる女の子なんて、私と姉さんくらい……ううん、ここまで来ると、姉さんでも引くかもねー」

あの愛衣ならばむしろ喜んで相手をしてくれそうな気がしたが、誰よりもそれを理解している妹がわざわざ姉を引き合いに出した意味がわからないほど、竜也も鈍感ではなかった。

「かもな。でも、お前は相手をしてくれるんだろ？　俺みたいな、救いようがないヘンタイ中年ご主人様でもさ？」

「まあ……ご主人様が命令するなら、従うし」

理緒の声に、特別扱いされた嬉しさが滲む。

（つまり、重ねて命令しろっておねだりだな、これは）

面倒なところも含めて愛おしいメイドに、竜也は新たな命令を下す。

「フェラも気持ちイイけどな、やっぱマ×コに突っ込みたくなった。そこの柱に両手をついて、尻を突き出せ。立ちバックで抱いて……いや、犯してやる」

「っ！　わ、わかった……！」

敢えて強い言葉を使っての指示に、理緒は勢いよく立ち上がり、早速竜也に向けてその形よいヒップを突き出してきた。竜也から見える光景はシックスナインのときとそれほど変わらないのだが、大きく開かれ、ぴんと伸ばされた脚が煽情的だ。

「おっと、そうだった。こいつを忘れてた」

わざとらしくつぶやいた竜也が取り出したのは、昔、双子姉妹のためにと購入したビデオカメラだ。最近のスマホは高性能ではあるが、やはり可愛い娘の姿を確実に記録するためにと、少ない小遣いをやり繰りして購入したものだ。

「えっ。ご主人様、ハメ撮りに目覚めたの？　姉さんの影響？」

カメラを三脚にセットする竜也に、理緒が驚く。ふだんはなかなか見られない、珍しい表情だ。

「ハメ撮りというか、単に、お前の可愛い顔をしっかり見たいってだけだな。お前はバックが好きだけど、それだと俺からはよく顔が見えないだろ？」

「なっ……ヘンタイ……ご主人様、やっぱりヘンタイ……っ」

口では罵る理緒だが、その顔には明らかな昂りが見て取れた。期待に揺れる腰の動きも大きくなり、エプロンドレスの裾が悩ましげに翻る。

「そのヘンタイご主人様のチ×ポを待ち焦がれてるのはどこのどいつだよ」

カメラの設置を済ませた竜也は理緒の背後に回ると、先走り汁まみれの肉杭を太腿の裏側に押しつけた。温かく、柔らかく、滑らかな十六歳の肌を四十一歳の体液で穢す興奮がたまらない。

「わ、私、だけど？　別に、ご主人様だけがヘンタイだなんて言ってないけど？　自分がマゾでヘンタイって自覚くらい、普通にあるけど？」

太腿ではなく、もっと奥の姫溝に欲しいと、理緒が尻を動かして屹立を追ってくる。

しかし竜也はそのたびに牡竿を逃がし、メイド少女が一番欲しがる狭穴にはあてがわない。

「ねえ、ねえってばぁ、ご主人様、早く、早くってばぁ。ねえん」

甘く媚びた懇願に思わず挿入したくなってしまうが、このマゾメイドをさらに悦ばせるためだと、竜也は欲望をぐっと我慢する。焦らせば焦らすだけ、理緒が得る快楽が増すと知っているからだ。

「おいおい、立場が逆だろ？　なんでメイドがご主人様に命令してるんだ？」

自分は今、サディスティックなご主人様だと言い聞かせながら、ぺちん、と目の前の尻肉を叩く。無論、ごく軽く、だったが、今の理緒には充分な刺激だ。

「はあぁぁっ！　す、すみません、ご主人様ぁ！　ああっ、お許しください、生意気なメイドでごめんなさいっ！」

（ん？　敬語？　理緒が？）

どうやら理緒の中で別のスイッチが入ったらしい。

「なるほど。ようやく自分の立場を理解したみたいだな。じゃあ、ご褒美だ」

「あっ、来た、来ましたぁ……はああアァッ！」

鈴口を牝穴に潜らせる。焦らされた媚肉はあっさりと中年男のイチモツを受け挿れたが、膣奥までは貫かない。狭洞のせいぜい半分辺りまでで腰を止めておく。

「えっ……な、なんでぇ……ご主人様、どうしてぇ……ああッ」

深く抉って欲しい理緒が腰を後ろに突き出すが、竜也はその分、ペニスを引き抜く。

「ひ、ひどいです、こんなの、生殺しですよお……！」

顔を後ろに向けた理緒が涙目で睨むが、その瞳にはどこか恍惚《こうこつ》の光が宿っている。

(Mの理緒には、焦らしも有効っぽいな)

手応えを感じた竜也は、このまま深々と突き挿し、荒々しくピストンしたい欲望をぐっと堪え、Sのご主人様を演じつづける。

「散々俺の尻を嬲ってくれたお返しだよ」

「あれは、違うんです。ああすればご主人様はきっと、おほおおっ!?」

言い訳が途中で嬌声に変わったのは、竜也の手が再び尻を打ったためだ。さっきとは反対側の尻を少し強めに叩いた瞬間、痛いほどに蜜壺が窄まる。

「口答えするのか？　生意気なメイドだな」

期待以上の反応に気をよくした竜也は、そのまま理緒のヒップを交互に平手打ちしていく。ぺちぺちという音が示すとおり、本当に軽い打擲《ちょうちゃく》なのだが、理緒を悦ばせるには充分だった。

「ひっ、ひっ、ひぃっ！　あっ、あっ、ご主人、様っ、お許しをっ、ああっ、ダメ、お尻ぺんぺんは、どうかご容赦をぉ！　アーッ、アーッ！」

セリフとは裏腹に、随喜に肌を赤く染めたマゾメイドが右に左にと腰を揺する。それはお仕置きから逃げるのではなく、もっと、もっととおねだりする尻振りに見えた。

「嘘をつくなよ。なにがお許しをだ。そんな蕩けた顔で言っても説得力ゼロだぞ？」

設置したビデオカメラのモニター画面に映る理緒の表情は、ぞくりとするほどに艶めかしい。高校生になったばかりとは思えぬほどの色香に、竜也は知らず、生唾を飲み込む。

（こいつ、こんなエロい顔するのか……！）

被虐の快楽に蕩けた愛娘のこの表情を他の男に見せたくない気持ちが、改めて竜也の中に広がる。

「そんなに叩かれるのがイヤなら、これはどうだ？」

醜い独占欲に駆られた竜也が次に狙ったのは、理緒の背中だった。夏仕様メイド服と称して大胆に晒されていた白い肌に爪を立てると、ゆっくりと引っ掻いていく。

「ひっぎ!?　あっ、ああっ、はあああぁっ……!!」

この責めは完全に想定外だったのだろう、理緒は声を裏返らせながら、ぐぐっと背中を仰け反らせる。先端だけ挿入したペニスが潰れるかと思うほど、凄まじい膣圧が竜也を襲う。

（おおっ、締まる……やっぱりこいつ、こういうのも好きなんだな）

Sが暴発などできるわけがないので肛門を締めて射精を抑え込みつつ、理緒の柔肌を何度も引っ掻いていく。ただし、可愛い娘を傷つけるわけにはいかないので、せいぜい薄い跡がつく程度だ。

「だ、大丈夫、ですよっ、血が出るくらい引っ掻いてもぉ……アアッ」

だが、理緒はもっと強く嬲られたいらしい。

「ね、姉さんが初めてのとき、ご主人様の背中を引っ掻いた仕返しを、今、妹にしてもいいですからぁ」

（ああ。そんなこともあったなぁ。ってか、愛衣がやった分を自分にしてくれとか、どんだけ俺にいじめられたいんだ、このマゾ娘。可愛すぎるだろ）

姉妹の純潔を奪ったあの夜、確かに愛衣は激痛を堪えるため、無意識に竜也の背中を引っ掻いた。しかし、無論、あれと同じ行為をするつもりなどない。

「やりたくてもできないんだよ。俺の爪、愛衣が毎日綺麗にしてくれてるからさ」

度を超えた世話好きの姉メイドによって毎日丁寧に手入れをされている爪は、竜也の希望もあって、深爪ぎりぎりまで削られている。デリケートな女体、特に粘膜を傷つけないためだ。

「そ、そうですか」

「露骨にがっかりするなよ、マゾメイド。俺のお仕置きはまだ他にもあるんだぜ？」

ぺちん、と尻を叩いた竜也が背中の次に狙ったのは、女体のもう一つの穴、アヌスだった。たっぷりと唾液をまぶした指で、ひくひくと蠢く菊門に触れた瞬間、

「あひぃぃぃッ!?」

理緒はこちらの期待を上回る反応を見せてくれた。が、そのせいで結合が解け、肉棒が膣から抜けてしまう。

「こら、なに逃げてんだ」

「あうぅっ！」

再び蜜壷を穿つ。今度は簡単に抜けぬよう、深々と貫く。早くも降下してきていた子宮と亀頭が卑猥なディープキスをかわす。

「だって、だって今、ご主人様、お尻を……ひンンッ！」

膣道に続き、尻穴を人さし指で犯す。第一関節まで埋めた指が、痛いほどに締めつけられた。

「お前だって散々俺のケツを嬲っただろーが」

「あ、あれは違います、男の人はオチ×ポといっしょにアナル責められると悦ぶってメイド研修で習ったからぁ」

「とんでもないこと教えんじゃねえよ、メイド協会。……本当にそんだけか？　違うだろ？　お前、俺の尻をいじれば次は自分がやってもらえると期待してたんだろ？」

「っ!!」

きゅうっ、と窄まった直腸の反応がなによりの返事だ。

「やっぱりな。お前、回りくどいんだよ。……ま、そんな面倒なところが理緒の魅力だけどな」

「ご、ご主人様……ンンンッ」

褒められた影響か、裏洞が緩んだその一瞬を見逃さず、竜也はさらに指を押し進めた。今度は第二関節までが美少女メイドの後門を穿つ。

「ほら、力を抜け。息を吐け。大丈夫だ、こっちの処女はお前がガキの頃、高熱出したときにとっくに俺が奪ってんだ。あのときの座薬と思えば平気だろ？」

「き、鬼畜ですよぉ……あっ、あっ、可愛い娘のアナルバージン、治療を言い訳に奪うなんて、私のご主人様は、最低最悪ですぅ……はっ、はーっ、はぁーっ……！」

目に涙を浮かべて憎まれ口を叩きながらも、理緒は言われたとおりに息を吐く。そのたびにアヌスは弛《ゆる》み、軽くならば動かせるようになった。

「んっ……あっ……ダメ……イヤ……オマ×コとお尻、いっしょにほじほじとか、ご主人様、凶悪すぎですぅ……ンン……ッ」

「なんだ、もうアナルで気持ちよくなってきたのか？　まさかお前、こっちの穴でもオナってたのか？」

「…………」

理緒は答えない。恥ずかしいのかと思ったが、違うらしい。ビデオカメラのモニターに映るマゾメイドの、牡に、主に媚びる目がそう語っていた。

「答えろ。これは命令だ」

「し、してましたっ……ご主人様に昔、座薬を挿れられたときを思い出したり、こんなふうにアナルをお仕置きされる妄想をオカズに、オナってました……ああっ、は、恥ずかしいですぅ！」

さすがの理緒も、尻穴自慰の告白に耳の先まで真っ赤に染める。

（羞じらう理緒もエロくて可愛いじゃないか。こんなの見せられたら、さすがにもう我慢なんて無理だぞ……！）

（ああ、ご主人様が動き始めたっ。私のアナルに指挿れたまま、オマ×コを突き始めたぁ！）

先程のように浅い挿入で焦らすのではない、本気で牝を犯すピストンに、理緒は全身を震わせて歓喜した。

「はあぁっ、い、いきなり、激しすぎっ、です！　あうぅっ、やっ、あっ、ダメ、指でお尻、ほじほじしながらはらめぇ！」

最初からトップギアの抽送に加え、腸壁をまさぐる指によって生じる新たな快感に理緒の尻が跳ね上がるが、そこにスパンキングという追撃が加えられた。竜也は右手で後門を責めつつ、左手で左右の尻肉を交互に打ってくる。

「ひううぅーッ!?　アッ、アッ、アーッ!!」

膣を抉られるたびに駆ける愉悦で、意識とは無関係に女体が震え、尻が浮く。だがその尻の中心には指がねじ込まれ、さらに周囲の柔肉にも平手が襲いかかる。快楽と痛みが交互に、あるいは同時に襲いかかる状況に、理緒の意識が蕩けていく。

（気持ちイイ、気持ちイイ、でも恥ずかしいっ、痛い、悔しいっ……でもそれが嬉しくて、ぞくぞくが止まんない……ッ）

これがただ乱暴にされているだけなら、もちろん、気持ちよくなどなっていない。

愛する男が自分を想って、大切に、丁寧に、慎重に責め、嬲り、いじめてくれるからこその被虐の法悦なのだ。

（私、愛されてるっ。ご主人様に全部受け入れられてる……！）

心から慕う男をもっと奥深くで感じようと、目の前の柱に寄りかかりながら両脚をさらに開き、腰を後方に押し出す。牡の子種を欲する、発情期の牝のごとき立ちバックスタイルだった。

「なんだ、尻はほじられても叩かれても感じるのか？　イヤらしいメイドだな、お前は」

「は、はひっ、すみません、ごめんなさい、浅ましいマゾメイドをどうか、どうかお許しくださいませぇ！　ひいぃっ!!」

恥も外聞もなく謝罪することで、心にも被虐の悦びが広がる。

「ダメだ。この程度じゃ、まだまだ許せないな」

現状でも充分すぎる幸せなのに、竜也はさらなる喜悦を加えてくれた。汗だくの背中への、引っ掻き責めだった。

「あひいいぃーっ！　ひっ、ひんっ、りゃめ、あっ、あっ、はあああぁっ!!」

姉の手によって完璧に整えられた爪のおかげで、皮膚は裂けない。そして、それをわかっているからこそ、竜也は強めに引っ掻いてくれるのだ。

（あぁっ、痛い、でも、もっと強くしてもいいのにぃ！　ご主人様になら、いくらでも裂かれてもいいのにぃ！）

マゾとしての理緒は若干の物足りなさも覚えるが、娘としての理緒は、竜也のその優しさを嬉しく思う。

「んあっ、おっ、はっ、はひっ、ひんっ！　あっ、ダメ、ダメ、腰、へこっちゃう、ご主人ひゃまのお仕置き棒、勝手に欲しがっひゃいますぅン！」

膣を突かれ、アヌスをほじられている腰が、淫猥にくねる。

「おいおい、いいのか、そんなにエロい姿晒して。忘れたのか、撮影してること」

「……！」

理緒の羞恥心を煽るためだろう、竜也が傍らのビデオカメラを指で示す。

（私、なんてイヤらしい顔してるの……ううん、でも、凄く気持ちよさそう……ああ、そっか、ご主人様にお仕置きされるのが、メイドの一番の幸せなんだ……！）

汗と涙と涎でぐちゃぐちゃになり、淫蕩《いんとう》に緩んだ己の顔を見た瞬間、快感のステージがまた一段上がったのを感じた。竜也の力強い抽送で揺らされた子宮が疼き、指で玩ばれた腸壁が蠢き、嬲られた背中や尻が熱を帯びる。

「ふひっ、ひっ、もう、もうイク、イキますぅっ！　はほおおンッ！」

かつてないくらいに高まった女体に絶え間なく襲いかかる竜也の甘い責め苦に、理緒がオルガスムスを極める。今の姿勢にふさわしい、獣じみたアクメ声が次々と喉から溢れ出る。

「イッた、イキまひたぁ！　あうっ、うひっ、らめっ、イッたろに、思い切りイッでるろにぃん！　おっ、んおっ、またイク、理緒、イギっぱなしぃっ！　アアーッ!!」

そんな理緒の乱れきった姿に煽られた竜也が、容赦なく膣奥を叩く。牝悦に陥落した媚粘膜を擦られ、腫れた尻を打擲され、汗だくの背中を幾度も引っ掻かれる。

（無理、イキすぎて、無理ぃっ！　ああっ、へこっちゃう、イキすぎてつらいのに、お尻、勝手にへこへこして、ご主人様のオチ×ポに媚びちゃうのおっ！）

自分の制御を離れた肉体に戸惑うあいだも、鮮烈な快楽が次々と理緒に襲いかかる。

「ほっ、おっ、んおっ、しゅごい、ご主人様、好き、好き、しゅきぃっ！　んほおおオッ!?」

あまりの快感に飛びかけた意識を現実に引き戻したのは、尻洞に突っ込まれていた竜也の指だった。いつの間にか二本に増えていた骨太の指が交互に折り曲げられ、腸壁をまさぐる。

（お尻、お尻、お尻ぃっ！　イヤっ、なんで、どうしてっ、そこはお尻なのに、オマ×コじゃないのに感じちゃう……あっ、あっ、こっちでもイク、アナルでアクメ、極めちゃう……!!）

本来は排泄するための器官を玩ばれる屈辱と違和感すらも快楽となり、理緒をより高みへと押し上げる。

「理緒、出すぞ……ッ」

「ひっ……!?」

射精予告をされたマゾメイドの蜜壺は歓喜に蠢き、凶悪なまでに膨らんだペニスをみちみちと締めつける。あまりに強い快楽に、しがみついていた柱に思わず爪を立てた刹那、理緒の首筋に鋭い痛みが走った。

（か、噛まれたぁっ！　ご主人様に初めて抱いてもらったときと同じ……！）

あのときよりも強く、深く肌に食い込む歯に続き、蜜壺に放たれた大量の白濁マグマが理緒に止めを刺した。悦びと痛みと幸せとが絡み合う、マゾにしか味わえない至高のエクスタシーに、理緒はびんっ、と両脚を伸ばし、つま先立ちになる。

「ひぃいッ、ひっ、ひぃーッ!!」

悲鳴にも似た嬌声が止まらない。そして、それ以上にアクメの波濤が止まらない。

次々と注がれる精子、がっちりと首筋に食い込む歯、腸壁をまさぐる二本の指、そのどれもが容赦なく少女を牝悦の頂から下ろしてくれないのだ。

「もぉ、もぉ、限界、れすぅ……イキっぱなしれ、死んひゃううぅ……ああぁっ、ごひゅじん様の、鬼畜ぅ……っ……！」

媚と甘えの滲んだ声で背後の主を罵りながら、理緒は長く尾を引くオルガスムスに痙攣を続けるのだった。

・

「ぷはぁっ！」

立ちバックでの激しい行為を終えたあと、竜也は布団に仰向けに寝転んだ。全力全開のピストンのせいで、まだ呼吸が荒い。だが、心地よい疲労感だ。

「なに、たったこれしきで限界？　運動不足じゃないの、ご主人様」

そんな竜也の隣に、理緒も横たわる。

「いや、お前だって脚、がっくがくじゃん」

「………………」

理緒はぷい、と顔を横に向ける。どうやら竜也の指摘どおり、立っていられないくらいに脚が震えているらしい。

「おい、都合が悪くなるとだんまりかよ」

そう文句をつけると、

「あら。ご主人様の顔、汗だくじゃない。若いメイドにいいところを見せようとして無理しすぎ。自分の歳を考えたらどう？」

理緒はメイド服のエプロンを外すと、竜也の顔を拭き始めた。甲斐甲斐しく見えるが、これは話を逸らすのが狙いだ。

（それだけじゃないな。こいつ、俺の顔に潮噴いたのを気にしてるのか）

汗を拭くふりをして、シックスナインのときに顔面に浴びせた己の体液の証拠隠滅を図っているのだろう。

（ん？）

顔に続いて、今度は竜也の指も拭き始めた。しかも、妙に念入りに、だ。

（ああ、なるほどな）

それが理緒のアヌスに入っていた指だと気づいた竜也は、

「なあ、どこか痛いところ、ないか？」

素知らぬふりで、別の話題を切り出した。乙女の羞じらいをからかう真似をする気は、毛頭ない。

「痛いどころだらけだけど？　首も背中もお尻も、ひりひりしてるけど？」

「す、すまん、やりすぎた」

「私は別に、イヤとは言ってないし。……あなたに痛くされるのは、好き、だし」

そう言って理緒は、しっかりと拭き終えた竜也の手の甲にちゅっと、唇を押し当ててきた。そしてそのまま、じっと上目遣いでこちらを見つめる。年甲斐もなく胸がドキドキするような、そんな蠱惑《こわく》的なまなざしだった。

「あと……ちゃんとデリカシーのあるところも大好きだよ、ご主人様。ちゅっ」

こちらの気遣いなどしっかりお見通しだった可愛いメイドは、今度は唇にキスをしてくれた。

「さて、ご主人様、姉さんはまだ帰って来ないし、続き、してくれるんでしょ？」

竜也の答えはもちろん、イエス一択だった。

第五章　制服姿の双子同時絶頂

「むむむ……っ」

ようやく暑さも落ち着き、秋らしい空気が漂い始めた十月のある夜、竜也は居間で一通の手紙を握りしめ、悩んでいた。

「ご主人様、どうなさいました？　お腹の具合でも悪いのでしたら、わたしがぽんぽんなでなでしますよ？」

「うわあ、いたのか、愛衣っ」

誰もいないと思っていたところで突然耳元で声がしたため、竜也は飛び上がらんばかりに驚いた。

「はい、いましたよー。ご主人様が難しいお顔でなにやら手紙を見ていたので、気配を消して忍び寄ってみました」

「さらっと怖いこと言うなよ」

「だって、浮気関連の書類だったら、即座に押収する必要がありますし」

「もっと怖いこと言うなよ。なんだよ、浮気関連の書類って」

「色々あると思いますよ。……はい、見せてください」

にこやかな表情はいつもと変わらないが、目が全然笑っていない愛衣に、持っていた手紙を渡す。

「あら、協会からの契約延長に関する通知書ですね。……まさかご主人様、わたしたちとの契約解除をお考えですか？」

すっ、と細まった目が、じっと竜也を見つめる。

「違う違うっ」

背中に冷たい汗が落ちるのを感じつつ、竜也は慌てて首を横に振る。

「どうしたの、姉さん。ご主人様が私たちを捨てるとか言ったの？」

台所で夕食の後片づけをしていた理緒もやってきた。

「やめろ。これ以上事態をややこしくするな」

「なになに、契約更新のお知らせ？……なにか問題でもある？」

愛衣から渡された書類に目を通した理緒が、不思議そうに小首を傾《かし》げる。

「契約そのものじゃなくて、金額がなー」

「今の会社のお給料なら、充分に払えますよ？　お釣りが来ますよ？」

「まさかご主人様、私たち以外のメイドもこっそり雇おうとか考えてる？」

姉に続き、今度は妹までが怖い目つきで見る。

「どうしてお前らはそういう発想するんだよ。俺はもう、世界で最高のメイドを二人も雇ってんだぞ？　今さら別のメイドなんていらん。……んおっ？」

竜也の両腕に、姉妹が同時に抱きついてきた。

「うふふ、ご主人様はずるいです。さらっとそんなセリフを言って、メイドを喜ばせるんですから」

「ホント、ずるい。世間知らずのＪＫを甘い言葉で誑《たぶら》かして騙して侍らすんだから」

「お、おう、わかってくれたならいい」

油断するとすぐに緩む頬を必死に引きしめながら、本題に入る。

「確かに現状のままなら、契約も支払いも問題ない。でも、それじゃあダメなんだ」

「どうしてです？」

「お前らがただ働きになっちまうだろ」

現在は、愛衣と理緒が協会から支払われる給与を竜也に返している状態だ。

「え？　私も姉さんも、お小遣いもらってるよ？」

「それはただの小遣いであって、二人の労働に対する賃金じゃない。これまでは、お前らが俺以外の誰かに仕えるなんて絶対にイヤだからこの方法で雇ってきたが、今後はどうにかしなきゃならん。不健全だ」

「わたしたちを引き取って育ててくれたご主人様のために尽くす行為に、賃金は必要ありません」

「そうそう。お小遣いだって、メイドになって以降は増やしてくれたんだし」

姉妹は現状に不満はないとアピールするが、竜也は納得できない。

「さすがご主人様、清廉潔白な魂ですね」

「清廉潔白な男は、娘二人に手を出さねえよ……」

「まだうじうじしてる。諦めの悪いご主人様だね」

「それでは、各種割引制度を申し込むのはいかがです？」

「フルに利用すれば、そうとうお安くなるはずだよ」

「そんなのがあるのか。詳しく教えてくれ」

渡りに船とメイドたちに尋ねた竜也は、しかし、気づいていなかった。双子姉妹が目を合わせ、にやりと笑っていたことに。

「まずは長期割引ですね。二年縛りというやつです」

「携帯電話かよ」

「縛りって響きがなんかイヤらしいけど、これが一番簡単な割引手段」

「縛りって単語に反応するのはお前だけだ。……二年って、けっこう長くないか？」

「短いくらいですよ。わたしとしては、十年二十年、なんなら終身契約でも全然問題ないんですが」

　愛衣の目は完全に本気だった。

「なんにせよ、新規契約したばかりのご主人様は最長でも二年契約まで。でも大丈夫、更新のたびに契約期間は延ばせるし、それまでの累積分、割引率も上がるから」

「ますます携帯電話っぽいな」

「さらに複数メイドを同時契約すると、二人目以降の事務手数料が安くなります」

「複数回線契約すると基本料金が値引きされるやつじゃん」

「だからって、三人目以降の契約は認めない」

「しねえから睨むな。……このノリだと、家族割とかありそうだな」

　半分冗談で口にしたのだが、本当にあるという。

「あるのか……。ん？　でも、メイド契約の家族割って、どんな状況だ？」

「いくつかパターンがありますが、最もポピュラーなのはメイド妻ですね」

「つまり、ご主人様がメイドを娶ったケース」

ここで姉と妹が、じっと竜也に熱い視線を注いできた。

「ちなみに、メイド妻の場合は割引率も高いですし、他の割引とも併用できます」

「しかも、協会から補助金まで出ちゃう」

「補助金？　なんで？」

次々と聞かされる新情報の洪水に、理解が追いつかない。

「協会にとって、メイドの普及及び良質なご主人様の確保は最優先事項です」

「メイドにとって一つの到達点が、ご主人様に娶ってもらうメイド妻。そしてこれは、メイドとご主人様の関係が最も安定する状態」

双子の説明によれば、取引先の安定はそのまま協会の基盤に直結するため、補助金を出してもメリットのほうが大きいらしい。

「まあ……そう言われると、多少は納得できる気もする」

「納得ついでに、こちらにサインをしてください」

愛衣が差し出したのは、いつぞやの婚姻届だった。

「私と姉さんを娶れば、長期割、家族割、複数割に補助金がそれぞれダブルでもらえちゃう。お得。これは見逃せない」

姉に続いて理緒も同じく婚姻届をぐいぐいと突き出してくる。

「やめろ。言っただろ、そういうのはお前らがちゃんと成人してからだって」

「ご主人様のケチ」

「ご主人様のヘタレ」

同じ顔の双子が、同じ表情で不満を示す。性格はだいぶ異なるのに、こういうときは本当にそっくりな姉妹だった。

「ケチでもヘタレでもねえ。これが俺のぎりぎりの妥協点なんだ」

「わたしたちに手を出しておいて、今さらでは？」

「毎晩手籠めにしてるんだし、意地張る必要ある？」

「ぐっ、正論はやめろ。心が痛む」

「では、結婚ではなく、婚約ならどうです？」

「結婚に比べると額は落ちるけど、婚約でも補助金出るはず」

「こ、婚約なら……まあ」

最初に結婚という難題を要求されたあとだったせいか、婚約ならばいいか、と考えた竜也は、この申し出に頷いてしまう。だが、これこそがメイド姉妹の企《たくら》みだった。

「では、こちらの書類にサインしてください」

「私の分にもサインちょうだい」

割引額と補助金の具体的な数字を聞かされ、すっかりその気になった竜也は言われるままに「婚姻覚書」なる書類にサインをする。そして、二人に書類を渡したあとで気づく。

「おい！　これ、完全にドア・イン・ザ・フェイスじゃねえか！」

最初に難しい要求をして敢えて断らせ、続いて本命の願いを切り出す、有名な手法だ。もちろん、悪いのは引っかかった竜也である。

「いいじゃないですか、わたしと理緒をメイド妻にするのは決定事項なんですし」

「他にも必要な提出物があるよ。そっちの作成もしなくちゃだから、ご主人様、当然、手伝ってくれるよね？」

「はあ……」

平日のこの日、竜也は姉妹の通う高校の廊下でパイプ椅子に座り、幾度もため息をついていた。緊張と不安が半々、といったところである。

「なによ、さっきから。そんなに私との三者面談がイヤ？　言っとくけど、私、成績も素行も抜群よ？」

憂鬱な表情の竜也の前に立っているのは、誇らしげに胸を張った、ブレザー姿の理緒だ。メイドのときと違い、カチューシャをしていない髪と、肌の露出の少ない制服が今ではむしろ新鮮に映る。

「お前と愛衣の成績に関してはなんの心配もしてない。俺の娘にしておくにはもったいないくらいの優等生だ」

「んふふ、わかってるじゃない、ご主人さ……じゃない、たっくん」

周りに部外者はいないが、念のため、家の外ではご主人様呼びは封印してある。双子は不満らしいが、竜也はここはしっかりと、強く、念を押しておいた。

（血の繋がりのないＪＫの娘にメイドプレイさせてる変態中年男なんて勘違いされたら、間違いなく通報ものだもんな……）

竜也にすれば当然の要請なのだが、メイドたちは不満を隠さない。

「ごしゅ……竜也さんはどうしてそんなに浮かない顔をしてるんです？」

そう尋ねたのは、つい先程、三者面談を終えたばかりの愛衣だ。当然、姉メイドもカチューシャは外しているし、ご主人様呼びも封印させてある。

「姉さんがなにかヘンなこと言ったんじゃないの？」

「ええ？　わたしだってあなたと同じくらいの成績と素行よ？　先生からは褒められたし……ごしゅ、竜也さんも聞きましたよね？」

「ああ、さっきも言ったとおり、俺はお前らの学業には全幅の信頼を置いている。学業には、な」

「……姉さん、面談でどんな発言してごしゅ……たっくん困らせたのよ」

「他に話したのって、進路の件くらいよ？」

進路という単語が聞こえてきた瞬間、竜也の肩がびくり、と震えた。面談内容を思い出したためだ。

「理緒にはあらかじめ言っておく。いいか、進路の話になった際、間違っても」

メイドやら結婚やらの話題は出すなよ、と釘《くぎ》を刺す前に、理緒の面談の順番が来た。

残念ながら、妹も姉とまったく同じ発言を繰り返し、竜也は今日一日だけでごっそりとメンタルを削られてしまうのだった。

「はあ……」

「また、ため息。そんなにおかしかったですか、わたしたちの面接？」

「ご主人様はメンタル弱すぎ。周囲の目を気にしすぎ。もっと大らかに、気楽に生きたほうがいいよ？」

　二人の三者面談を終え、高校を出たあとも、竜也のため息は止まらなかった。

「俺としては、普通に大学進学の話とかをしたかったんだよ。なのにお前ら、将来はお嫁さんになる、の一点張りで……」

「大学は行くつもりですよ？」

「そうそう。でも、順番的にはご主人様のメイド妻になるほうが先だし」

　愛衣も理緒も「現在すでにメイドとして就職済みで、成人したらすぐに父親代わりのこの人と入籍して姉妹まとめてメイド妻になります」などとは言わなかったのが、竜也にとっては不幸中の幸いだった。

（こいつらなら、マジで言いかねないもんな……）

「ご主人様がイヤがると思って、進路についてはソフトに、やんわりと、ぼかして先生にお伝えしたつもりですが」

「それ、お伝えする必要あるか？　大学進学を考えてます、だけでいいじゃん。……はあぁ」

「もう、ご主人様、陰気くさい。せっかくの有給休暇で両手に花状態なんだから、もっと明るい顔してよ。えいっ」

「えいっ」

姉妹が左右同時に腕を組んでくる。まだ明るいうちから制服姿の美少女と腕組みして歩いている冴《さ》えない中年男という構図は、よからぬ誤解を招きかねないが、

「この二人は娘で、俺は父親ですが？」

そんな雰囲気を醸し出していれば大丈夫なことは、過去の経験で学んでいた。

「ふふっ、こんなふうに三人で外を歩くの、久しぶりですね」

「ご主人様も今の会社なら今日みたいにお休み取れるんだから、また三人でデートに行こうよ」

「デート？」

「あら、好き合ってる男女がいっしょに遊びに行くんです、当然、デートですよ？」

「私たちの中では、過去のお出かけもデートって認識なんだけど？」

「メイド割引が使える宿やホテルを使えば、格安で泊まれますし」

メイド割引なる未知のワードを聞いても、もはや竜也はいちいち聞き返したりはしない。人間、よくも悪くも慣れる生き物なのだと思い知らされる。

「ところで……俺らはどこに向かってんだ？」

「内緒です」

「ご主人様は黙ってついてくればいいの」

今日は竜也が休みのため、せっかくだからと遊びに行く予定になっていた。二人が楽しげに計画を練っていたのは見ているが、内容に関して竜也はまったく知らない。知らされているのは、夕食は外で食べる、ということだけだ。

（この服なら、ドレスコードあっても平気なはずだし。たぶん。テーブルマナーとかのほうがよっぽど怪しい）

三者面談で愛衣と理緒に恥を掻かすわけにはいかないと、今日選んだスーツは竜也の一張羅だ。今の職場の面接にも着ていった、いわゆる勝負服である。これなら、たいていの店なら問題ないはずだ。

「あ、服もテーブルマナーも大丈夫ですよ。そんな堅苦しいところじゃないです」

「なんで俺の思考がわかった!?」

「ご主人様の考えを見抜けないメイドはメイドじゃないよ」

「メイド、怖すぎ……」

十六歳のメイドたちに思考が筒抜けの四十一歳は、これからどこを連れ回されるのかと不安を覚えたが、それは杞憂《きゆう》に終わった。

「お前らさあ、こんなデートでよかったのか？　もっとこう、テーマパークとかさ、水族館とかさ、映画とかさ、行きたいところ、他にもあるだろ？」

双子に連れていかれたのは、大型のショッピングモールだった。施設内には映画館もあるが、二人はそちらにはまったく興味を示さなかった。ぶらぶらと適当に歩きながらのウインドウショッピングに終始したのだ。

「わたしは、ご主人様がいっしょなら、どこでもなんでも最高ですよ？」

「夕方スタートだと、さすがにそういうのは無理。そっち系は、また今度」

「時間に余裕ないのは確かだが……せめてさ、なんか俺に買わせたりしろよ」

姉妹は興味ありそうな店を見つけるとちょこちょこ中に入って品物を見るものの、竜也に買って欲しいとは言わなかった。

「俺が貧乏なのはお前らもわかってるとは思うが、たまにはおねだりしてくれてもいいんだぞ？」

自分の稼ぎが悪いため、愛衣と理緒にあれこれ我慢をさせてきたかも、という負い目が竜也にはある。

「おねだりなんて、いつもしてるじゃないですか」

「主に布団の中で」

「なんでお前らはすぐそっち方面に話を持っていく」

竜也はなんとか欲しいものを聞き出そうとしたが、二人は「特にないです」「別にない」と繰り返すばかりだった。

「強いて挙げるなら、ご主人様の残りの人生すべて、でしょうか」

「あ、それ私も」

「重すぎるっての！　ショッピングモールでおねだりするもんじゃねえし！」

結局、最後までなにも買うことなく外に出たときにはもう、すっかり日は落ちて、辺りは暗くなっていた。モールの近くのレストランに予約を入れてあるらしいので、三人で歩いて向かう。

「ここです」

愛衣が指し示したのは、竜也も名前だけはよく聞く高級ホテルだった。無論、泊まったことなどない。

（ま、宿泊じゃなくて食事だけなら大丈夫だろ）

念のために多めに現金は用意してきたし、いざとなればカードがある。

（それに、こいつらは俺以上に俺の懐事情を知ってるんだ。非常識な値段の店を予約なんてしないだろ）

食事を終えた二時間後、竜也は己の甘さを痛感していた。

(俺のバカ！　双子揃ってメイドになって二十五も年上の中年男に嫁ごうなどと考える相手に常識を期待するとか、ありえないだろ！　常識的に！)

姉妹が予約していたのは、鉄板焼きの専門店だった。ここまではいい。問題は、三人で使うには明らかに広すぎる個室に、わざわざ一人のシェフが専属でついてくれた点だ。

「ご主人様、お口に合いませんでしたか？」

「めちゃくちゃ美味《うま》かった。あんな柔らかな肉、生まれて初めて食った」

「だったら、なんでそんな顔してるの。お金の心配ならしなくていいって最初に言ったでしょ？」

「金の問題じゃない。お前らの、メイドの非常識さに呆れてんだよ……」

部屋に通された直後、このホテルがメイド協会のスポンサーであり、メイド専用プランなる裏メニューが存在していると竜也は聞かされた。そして、その異常な値引率に驚愕《きょうがく》したのだ。

(どう考えても赤字だろ、あれ。絶対になにか裏がある)

約半年、メイドが側《そば》にいる生活を続けた竜也の、ご主人様としての勘が危険を訴えていた。

「そもそも、どうして俺らは今、ホテルのスイートルームにいるんだよ。外食するとは聞いてたが、お泊まりは初耳だぞ？」

「メイドプランは、食事と宿泊がセットなんです。むしろ、宿泊がメイン。でないと、割引条件満たせませんし」

「おいこら、愛衣、今、なんつった？」

「美味しい話には当然、理由があるよね。だけど安心して。ご主人様がふだんどおり私と姉さんを可愛がってくれれば、今日の食事代と宿泊費用はなんと、これだけ」

理緒から渡された請求書を見て、竜也は目を丸くした。どう考えても桁が一つ足りない。こんな価格でスイートに三人泊まれるわけがない。

「……条件は、なんだ？　俺の内臓でも売るのか？」

「いえいえ、まさか。ご主人様に危害を加えるメイドなんて存在しませんよ」

「私たちメイドとご主人様がホントの主従関係にあるか、その証拠を提出すればいいだけ。具体的には、ラブラブでエロエロな動画をいっぱい撮ればオッケー」

「そしてその動画は、そのまま補助金申請の資料にも使われます。これは新人メイドが一度だけ使える特別プランなんです」

「念のため聞くが……動画を用意できなかった場合は？」

「当然、全額、フル請求。大食いチャレンジで失敗したときのイメージ？」

竜也は改めて請求書の、棒線で消された数字を見る。とても払える額ではなかった。

「つまり、最初から俺はお前らに嵌《は》められてたってわけか」

「このあとは、私たちがご主人様にハメられるんだけどね」

「待て。そもそも、なんでエロ動画なんだ。要するに、補助金目当ての雇用じゃないと示せればいいんだろ？」

「わたしたちの場合は家族割の申請もありますので。つまり、事実婚状態と証明するのが必須条件となります。それには、肉体関係があると示すのが最も簡便です」

「複数メイド割もあるから、当然、３Pがデフォ。しかもラブラブっぷりをアピールする必要もあり。まあ、これはいつものことだから問題なし、と」

双子メイドの淡々と語る様子と、話している内容との乖離《かいり》が凄まじい。

「そ、そうだ。俺たちが偽装の雇用関係でないとわかればいいなら、こういうのはどうだ？　お前らへのプレゼントだ」

なんとしてもハメ撮り動画撮影だけは避けたい竜也は自分のバッグを漁《あさ》り、二つの箱を取り出す。当初は食事のあとで渡す予定だったが、すっかり失念していたのだ。

「なるほど。では念のため、カメラは回し始めますね」

いつの間にか三脚に設置されていたビデオカメラの録画ボタンを愛衣が押す。

「あっ。これって……首輪？　でも、繋げる縄がないけど？」

先に箱を開けたのは理緒だ。

「違う！　チョーカーだ！　娘に首輪渡すものか！」

「わたしのは……ブレスレット、ですね。……あら？　これって……」

「まさか……ダイヤ!?」

姉と妹に渡したのは、レザー職人に特注した革製のアクセサリーだ。そして、それぞれには小さなダイヤが取りつけてある。

「ああ、一応な。お前らの誕生石だし。そんなちっちゃなものしか買えなくて悪いんだが。その……日頃の感謝と、俺の娘になってくれてちょうど十年を記念してのプレゼントだ。受け取ってもらえると嬉しんぐほおぉ！」

セリフを最後まで言えなかったのは、双子が同時に抱きついてきたせいだ。一瞬、息ができなくなるほどの勢いだった。

「ありがとうございます、ご主人様っ」

「んふふ、そっか、そっかー。私たちが家族になって、十年経つんだもんねえ」

愛衣はすりすりと頬を、理緒はぐりぐりと額を竜也に擦りつけてくる。ふだん以上にダイレクトな愛情表現に、竜也の目に涙が滲む。

（うっ。思わず感動してしまった。……あ！）

「なあ、今の光景を証拠動画として提出すれば、俺らがちゃんと家族だって証明できるんじゃないか？」

我ながら名案だと自信満々に告げたが、二人の反応は冷ややかだった。

「普通の家族ならかまわないでしょうが、メイドとは無関係なので……」

「これはあくまでも、娘へのプレゼントでしょ？　まあ、今この場でプロポーズしてくれるなら、チョーカーとブレスレットを指輪代わりと見なしてもいいけど？」

将来的にはともかく、現状ではまだ二人に求婚する覚悟は固まっていない、と告げると、

「ですよね。わかってました、ええ」

「ご主人様のヘタレ」

露骨にがっかりされた。が、すぐに笑顔に戻り、

「でも、凄く嬉しいです。うふふ、これを着けてると、ご主人様に常に手錠で繋がれ

てるみたいで、安心できますし」

「手錠もいいけど、やっぱりメイドには首輪でしょ。……ああ、自分がご主人様に飼われてるって思うだけでぞくぞくする……っ」

早速、ブレスレットとチョーカーをそれぞれ手首と首に嵌めてくれた。

「俺が思ってたのとだいぶ違う感想だが……うん、二人とも、よく似合ってるぞ。美人がさらに綺麗になった」

「ありがとうございます。学校にもちゃんと着けていきますね」

「私も」

「学校はやめとけっ」

「大丈夫ですよ、うちは校則、そこまで厳しくないですし」

「制服にも似合ってるし、問題ないでしょ」

上質の革を使ったシンプルなデザインのせいか、確かに学生服との組み合わせでも違和感はない。しかしこの双子のことだ、周囲から詮索された際、「ご主人様からのプレゼント」などと口走りそうなのが怖い。

「制服で思い出したわ。理緒、あれを」

「あ、忘れてた。撮影するならこれがないとね」

だが、メイドたちは竜也を無視して自分たちのバッグを漁り始める。なにをするのかと思って見ていると、

「お待たせしました、ご主人様」

「ご主人様みたいなおじさんって、こういうの好きでしょ？」

制服姿の美少女姉妹は、メイドのシンボルたる純白のカチューシャを、その艶やかな黒髪に装着した。

「……！」

悔しいが、理緒の言うとおり、四十一歳の中年男のハートを鷲づかみにするほどに、女子高生メイドは愛くるしかった。

（あの顔は、保護者とご主人様、どっちのモードかしら？　両方かも？）

竜也に見つめられているだけで、ブレザーの中の若い女体が疼き始めるのを愛衣ははっきりと感じていた。隣の妹も同じように昂っているのが、感覚共有で伝わってくる。

「愛衣……理緒……二人とも、凄く綺麗だ」

（あ。これはご主人様……男性モードっぽい。うふふ、嬉しいっ）

竜也に愛娘として慈しまれるのはもちろん嬉しいし、幸せだ。しかし今は、彼のメイドとして、恋人として、そして未来の妻として見られたいし、愛されたい。

「さあ、まずは三人並んだところを撮りましょう」

ビデオカメラが向けられたベッドの真ん中に竜也を座らせ、その左右を愛衣と理緒とで挟む。

「ご主人様はわたしたちの両肩をぎゅっと抱き寄せて、にやりと笑ってください。こいつらは俺のメイド妻だぞって感じで」

「無理！　なんだよ、そのオーダーは！」

「ダメだよ、姉さん。ここは肩じゃなくて、私たちのおっぱいを鷲づかみにさせるべき」

「理緒までなに言ってんだっ」

「なるほど、名案ね。さ、ご主人様、早くわたしと理緒のおっぱいをぎゅうってつかんで、カメラに向かって不敵に笑ってください」

「表情も大事。こいつらは俺のＪＫ性奴隷メイドだぞって、目で語って」

「……こうか？」

この二人にはもはや話は通じないと諦めたのか、竜也は制服姿の娘たちを抱き寄せ、強張った笑みを浮かべる。

「ダメです。肩ではなく、お乳をぎゅうって握ってください。わたしたちのおっぱいは、こういうときのために大きくなったんですよ？」

「真顔で嘘をつくな。……これでいいのか？」

「あんっ」

「んん……っ」

自分たちを育ててくれた男の大きな手のひらでバストを握られた瞬間、甘い電流が全身を駆け抜ける。下腹部の疼きに、太腿を擦り合わせる動きが止められない。

「ではご主人様、このあとはカメラに向かって、未来永劫《えいごう》このメイドたちを愛し、雇い、娶ると宣言してください」

「めちゃくちゃ重くね!?」

「姉さん、それじゃ足りない。嬲り、躾け、侍らせ、従わせるって宣言も追加」

「お前はとことん俺を鬼畜にさせるつもりか。……わかったよ。要するに、協会の人たちに、俺の本気を示せばいいんだろ？」

いちいち突っ込むのにも疲れたのか、単に呆れたのか、あるいは覚悟を決めたのか、竜也の顔つきと雰囲気が変わった。

（ご主人様の真剣な表情……ダメ、素敵すぎて、排卵始まっちゃう……あっ！）

きゅん、と子宮が熱を帯びたそのときだった。

「俺、笹倉竜也は笹倉愛衣、笹倉理緒をメイドとして大事に、誠実に雇い、守ることをここに誓う」

じっとレンズを見つめたまま竜也が口にする言葉の一つひとつが、鼓膜を、心を、そして子宮までをも震わせる。

（あ、これイク、イッちゃう、ご主人様の愛の言葉だけでイク……ッ）

「……こ、これでいいんだろ？……うわ、愛衣、理緒!?」

そうとう恥ずかしかったのだろう、顔を真っ赤にした竜也がレンズから目を逸らした直後、愛衣と理緒は今日最初のアクメを迎えた。

「はううぅっ！」

「んんんッ！」

まったく同時に身悶えて達する双子に、竜也が驚きに目を丸くする。が、その目はすぐに男の、牡の輝きを宿す。

「なんだ、俺のセリフだけでイッたのか？　ずいぶんと可愛くてエロいＪＫメイドじゃないか」

竜也は口元に笑みを浮かべつつ、制服越しに姉妹の豊乳をそれぞれ揉んでくる。先程までの遠慮がちなタッチとはまるで違う、卑猥な手つきだ。

「だ、だって、ご主人様にあんなふうに宣言されたら……あぁっ」

「そ、そうだよ、ずるい……んんっ、もっと、もっと強くおっぱい、いじめてぇ」

浅かったとはいえ絶頂直後の乳房は敏感で、服の上からまさぐられるたびに快楽が広がる。このままでも充分に気持ちはイイのだが、やはりもっと強い刺激が欲しくなる。

「ご主人様、どうか……浅ましいメイドの乳を、もっともっと愛《め》でてくださいませ」

愛衣はブレザーとブラウスのボタンを外し、さらにブラもずらして乳房を晒す。ただし、ブラウスの一番上と下のボタンのいくつかは留めたままにしておく。自慢の巨乳だけをブラウスから絞り出すように晒すのが狙いだからだ。

「私のおっぱいは、愛でなくてもいいよ。いじめてくれて大丈夫」

理緒も、まったく同じボタンの外し方で胸乳を晒す。姉も妹も、剝き出しの膨らみの先端では、乳首が卑猥に勃っていた。

「くっ、なんてけしからん格好をするんだ」

「うふふ、ご主人様のコレクションを理緒といっしょに調査研究した結果、こういうのがお好きらしいと判明しましたので」

「ご主人様のエロ動画、制服率高かったし。あれ見ながら、私と姉さんを妄想の中で犯してたんでしょ？　鬼畜だよね。ヘンタイだよね」

竜也の秘密の動画は、愛衣たちにとって様々な意味で有益だった。追い詰める材料になったのはもちろん、竜也の性的な嗜好を知ることができたおかげで、今もこうして迫れているのだ。

「メイドと、女学生と、おっぱいと、なによりあなたを愛する娘たちを同時に味わえるご気分はいかがです？」

「全部、ご主人様の大好物だもんね」

「待て。順番が逆だ。お前らを好きになったから、結果的に制服とか乳とかメイドもいいなって思い始めたんだ」

竜也にしてみれば自分の性的嗜好に対する誤解を解くつもりだったのだろうが、愛衣たちにとっては嬉しい告白でしかない。

（はうん、ナチュラルにわたしたちを口説くぅ。なんて罪作りなご主人様なのぉ）

嬉しさのあまり、剝き出しの胸の先端部がきゅうん、と体積と硬度を増す。その浅ましくしこり尖った乳首が、竜也につままれた。

「ひぃんっ！　あっ、あっ、ご主人様ぁん」

「んんっ！　ＪＫメイドに発情したご主人様の、スケベ……あうッ」

愛衣は甘い声を発しながら上体を揺らし、わざと挑発して乳首をつねってもらった理緒はびくん、と肩を震わせる。

（ご主人様、ちゃんとわたしたちの乳首、左右別々にいじってくれる。こうすれば、感覚共有で両方の乳首が気持ちよくなるってわかってくれてるんだ）

今、愛衣がつままれているのは右の乳首だが、左の尖りをつねられている理緒の快楽も伝わってくるため、まるで両方を同時に愛でられている感覚になるのだ。

「ご主人様ぁ、お乳だけじゃ切ないですよぉ」

「ねぇン、早く、別のところもいじってぇ」

清楚なデザインの制服から乳房だけを晒した十六歳の双子姉妹が、挟むようにして竜也に抱きつく。

「ああ、わかってる。……ベッドに並んで寝ろ。二人まとめて相手してやる」

スーツを脱ぎ捨て、ネクタイを外す竜也の指示に、姉妹は即座に従う。愛衣はバストを見せつけるために仰向けになるが、理緒は四つん這いで竜也に尻を向けていた。

（せっかくおっぱいを出してるんだから、理緒も仰向けになればいいのに）

しかし、妹の狙いはすぐに判明した。

「ご主人様、また私のお尻、いじめてくれてもいいんだよ？　制服のままするると、背徳感も増すよ？　スパンキングでも、アナルほじりでも、どっちでもいいよ？」

理緒はスカートが捲れるほど大きくヒップを振って竜也にアピールする。けれど、この妹が本当にアピールしたいのが姉である自分なのは明白だった。

「ふうん？　ご主人様、理緒にだけそんな素敵なお仕置きしてたんですか？　わたし、初耳ですよ？　双子は平等に扱うというのがご主人様のポリシーだったはずでは？」

愛衣はじろり、と竜也を睨む。

「その代わり、姉さんはご主人様のお髭剃ったり、耳かきしたり、爪の手入れしてるじゃない。私だってやりたいのを我慢してるんだから、おあいこでしょ？」

「うぅ」

理緒の言い分はもっともだったので、愛衣も引き下がるほかはない。

「俺は愛衣も理緒も、同じくらい大切にしてるつもりだ。そこは信じて欲しい」

すべての服を脱ぎ捨て全裸になった竜也が、ベッドに上がりながら言う。

（はうぅ、真剣な顔と、逞しいオチ×チン見せられたら、なにも言えないよお）

妹への些細《ささい》な嫉妬心は瞬時に霧散し、入れ替わりに肉欲が全身を支配する。無意識に両膝を立て、股を開き、愛しい牡をストレートに誘う。

「ご主人様、来てください」

「ご主人様、来て」

双子同時の懇願に、竜也は数秒間だけ迷ったのち、愛衣の元へと来てくれた。こういうときは基本的に、竜也は姉の愛衣を選んでくれることが多い。妹であるメリットを享受している自覚がある理緒も、文句は言わない。

(それにわたしたちの場合、どちらが選ばれてもちゃんと気持ちよくなれるし)

至近距離にいるときは、快感が共有できる。さすがに何割かは減じられるのだが、竜也が与えてくれる愉悦は大きいため、それほど問題にはならない。

「制服姿の女子高生のスカートに手を突っ込んでパンツ脱がしてる中年男の図って、犯罪臭が凄いよね。しかもカチューシャ着けさせて、メイドプレイまでしてるし」

最初が自分でないのはやはり多少は悔しいのだろう、理緒が四つん這いのまま、竜也をからかう。こうして揶揄しておけば、自分の番のときに仕返しで意地悪してもらえるかも、という狙いもあるかもしれない。

(理緒ってば、どんどんマゾっぽくなってる。確かにご主人様にいじめ可愛がってもらえるのが嬉しいのはわかるけど、わたしはやっぱり、優しくされたいし、甘やかし

てあげたいかな。……あン）

そんなことを考えているあいだに、ショーツが脱がされた。隠すもののなくなった秘部に外気が触れるのがわかる。

「……素っ裸よりエロいな、これ」

半脱ぎブレザー姿となった愛衣に、竜也が熱い視線を向けてくる。自分が今、牝として品定めされていると思うだけで全身が汗ばみ、呼吸が浅く、速くなる。

「んふふふ、ご主人様がご希望でしたら、いつでもどこでも、制服姿でご奉仕しますよ？　卒業したあともちろんかまいませんが、現役女子高生のうちに、たっぷりと制服のわたしたちを堪能してくださいね」

愛衣は膝を立てたまま、ゆっくり、ゆっくりと股を左右に広げていく。スカートが完全に捲れないよう、意図的に角度と速度を調節しているのは、このほうが竜也を煽られると判断したためだ。

（いかがです？　男性は、こうして見えそうで見えないほうが興奮するんですよね？　チラリズムっていうんですよね？）

大部分が露出した太腿に注がれる男のまなざしは、見えない愛撫となって愛衣を昂らせた。しかし、より昂っていたのは竜也のほうだった。

「愛衣っ」

「ああっ、ご主人様ぁっ」

ぎりぎりで股間を隠していたスカートの中に、竜也が顔面を突っ込んできた。と同時に、熱い舌が陰唇を這い始める。

「あっ、あっ、ダメ、ダメです、今日はいっぱい歩いたし、シャワーも浴びてませんからぁ！　はうぅっ！」

好いた男による口唇奉仕は嬉しい。けれど、恥ずかしさも強烈だ。

（ううっ、ご主人様がわたしのオマ×コ、たくさん舐めてるっ……きっと匂いも凄いはずなのに、全然気にせず、ぺろぺろしてくれてるぅ！）

子供のときから育ててくれた竜也には、散々恥ずかしい姿を晒してきた。お漏らしや嘔吐《おうと》の後始末をしてもらったときだってある。だが、洗う前の女陰をクンニリングスされるのは、それらとは別の羞恥があった。

「はああぁっ、はんっ、あんっ、イヤ、イヤっ、ご主人様、お許しをっ！　いけません、そんな、ビラビラを剥いて、奥の奥まで舐めるなんてダメなんですよおっ……アアッ、クリの皮も剥いちゃヤです……ひいいイッ！」

愛衣が羞じらえば羞じらうほどに、竜也の舌と指は執拗に膣口や肉羽、牝芽を責めてくる。本人以上に愛衣の性感帯を熟知した中年男の前戯に、メイド少女はよがり、喘ぎ、身悶えるしかできない。

（気持ちイイ、気持ちよすぎるぅん！　あっ、あっ、入ってきた、指、中にずぷぅってぇ！　あぁーっ!!）

愛蜜をたっぷりと湛《たた》えた狭洞に、指が侵入してきた。自分たちを養ってくれた働き者の節くれ立った指が、敏感な粘膜を撫で回す。

「ひっ、ふひぃっ！　ダメ、ダメぇ……あっ、なんでぇ!?……アアアーッ!!」

突然、指が引き抜かれた。目前まで迫ったアクメが遠ざかった絶望に悲鳴をあげた直後、愛衣は今度は嬌声を響かせていた。指よりも遥かに太い勃起が、深々と膣道を貫いたためだ。

（イク……イキます……イク……ぅ！）

「うっわ、指でイク寸前で今度はオチ×ポぶち込むとか、私たちのご主人様、極悪。でも、最高……！」

横にいた理緒が、高く掲げたままの尻をびくびくと震わせていた。感覚共有で愛衣の快感が伝わったのだろう。

「おお、マ×コ、すっげぇ締まってる。……大丈夫か、愛衣」

心配そうにこちらを覗き込む竜也の顔が歪んで見えるのは、あまりの愉悦に、涙が滲んだせいだ。

「は、はいぃ……い、いきなりでびっくりしましたけど、とても、気持ちイイ、ですぅ……あぁ、ご主人様のオチ×チン、硬くて、長くて、逞しいですよぉ」

「俺も、気持ちイイぞ。愛衣のマ×コは温かくて、ふかふかで、ぬるぬるで、とにかく最高だからな」

「ふふっ、ご主人様に喜んでいただくための穴です、どうぞ遠慮なく、容赦なく、愛衣のメイドマ×コをお使いくださいませ……ひンっ！」

美少女メイドの淫猥な口上に煽られた竜也が、早速ピストンを開始した。大きく張ったエラが膣壁を擦るたびに快感が次々と発生し、視界にちかちかと星が散る。その星の向こうから竜也の顔が近づいたかと思ったときには、キスをされていた。

(ご主人様とのキス、好きぃ)

もはや条件反射で唇が開き、舌を伸ばす。何度も重ね、絡ませ、吸い合った熱い粘膜を味わうあいだも、剛直の往復は止まらない。ディープキスでさらに蕩けた蜜壺を怒張で抉られる快感に、知らず両脚を竜也の腰に巻きつけていた。

「姉さん、ホントにご主人様とのキスが好きだね」

（理緒だってそうじゃない。しかも、ご主人様に唾を垂らしてもらって、ごっくんするのが好きなくせに）

どちらかと言えば、愛衣はこうして深々と繋がり、濃密なキスをしたまま、じゅるじゅると竜也の唾液を啜るほうが好みだ。

「んっ、くちゅ、ちゅ、ちゅうぅ、じゅっ、ちゅうぅ、じゅるるっ」

両手で竜也の耳を塞ぎ、わざと大きな音を立てる。卑猥な水音を頭の中で反響させ、さらに興奮してもらうのが狙いだった。

（あんっ、ご主人様のオチ×チン、わたしの中で跳ねたぁ。好き、好き、ご主人様、大好きです、もっと突いてください。愛衣のオマ×コでたぁっぷり、優しくしごいてあげますからぁん）

（ぬおっ、愛衣め、なんてエロい顔で俺の舌を吸いやがるんだ）

制服姿の美少女メイドが浮かべる恍惚の表情を間近で見て、竜也の獣欲は一気に増した。ここでさらにギアを上げて欲望を吐き出したい衝動に駆られるが、ぐっと堪え、後ろ髪を引かれる思いでいったん結合を解く。

「ああん、ご主人様ぁ」

濃厚なキスの残滓《ざんし》である涎の橋をかけたまま、愛衣が少し恨めしげにこちらを見る。そんな表情にもまた、十六歳とは思えないほどの色香があった。

「待ってろ、すぐに戻る。……待たせたな、理緒」

「ホント、待たせすぎ。それとも、放置プレイのつもり？……ひゃん！」

四つん這いの体勢でずっと待っていた理緒のショーツをやや乱暴に膝まで落とすと、竜也は間髪を容《い》れず、牡竿をねじ挿れた。M気質の理緒にはこうした荒っぽい扱いのほうがいいだろうと思ってのことだったが、

「はうううッ！　あっ、ダメ……いきなりイク……挿れただけでイクぅ……!!」

まさかの挿入と同時のアクメに、竜也も驚く。四つん這いの理緒がびくびくと尻を跳ね上げるたびに制服のスカートが翻り、汗ばんだ乙女の肌がちらちらと覗く。

（うう、なんで素っ裸よりもエロく感じるんだ）

自分でも理解できない興奮に背中を押され、竜也は追撃ピストンを開始する。

「ひっ!?　待って、イッた、イッてりゅの、私、今、イッてる最中ぅ……アアッ！」

強い法悦から逃れようとするくびれた腰をつかみ、容赦なくオルガスムスに痙攣する狭穴を穿つ。あまりに強く窄まるせいで、力を込めて突かないと押し返されるほどだ。

「ご主人様を誘っておきながら、自分がイッたらやめてだなんて、ずいぶんとワガママなメイドね、理緒は」

お預けを食らった愛衣が、すぐ横で喘ぐ妹をからかう。自分で乳首や秘所をいじっているのは、己の女体を慰めているというよりも、感覚共有で理緒をさらに追い詰めるのが目的らしい。

「だっ、だって、まさかいきなり奥まで来るなんてっ……ひっ、やらっ、あっ、姉さん、ダメ、今はそれダメ、ホントにおかひくなるっ、気持ちよしゅぎて、頭、ヘンになりゅっ……ヒィーーッ！」

（ま、またマ×コが締まる……ッ）

制服姿の女子高生を後背位で犯し、貫いている状況に、竜也も漲っていた。極上の美少女メイドが泣き、喘ぎ、悶える様の前では、理性などなんの役にも立たないのだと改めて痛感する。

（キツさは愛衣と変わらないが、この、穴全体でチ×ポをねじるような蠢きが凶悪すぎるだろ……！）

しかも今、竜也は娘として育ててきた双子の膣の具合を比較している。自分でも最低だとはわかっているのに、勃起を締めつけてくる女襞の違いをどうしても探ってしまうのだ。

(でも、子宮口付近がポイントなのはいっしょなんだよな)

つい先程まで姉を嬲っていたのと同じ角度で妹を突く。正常位とバックの違いで亀頭から伝わる感触は違うが、膣口が締まり、ペニスの根元を強く締めつける反応は姉妹そっくりだった。

「ふっ、ふっ、ふひっ、奥、ホントに、ダメっ……アーッ、アーッ!」

ぐりぐりと膣奥を小突くのに合わせて、アヌスがきゅっ、きゅっ、と窄まるのを見ていると、先日の行為を思い出す。

(制服姿の理緒を相手にするのは初めてだしな、またやってみるか)

竜也は唾液をたっぷりとまぶした指を、そっと理緒の裏洞に潜らせた。すでに経験があるためだろう、それほど抵抗なく指が第二関節まで潜る。と同時に、もう一方の手で尻を軽く叩く。

「あひっ!? なっ、あっ、あっ、嘘……やっ、やあぁぁっ! ご主人様の鬼畜っ、ヘンタイ……んんんっ……ダメ……またお尻をいじめるなんてぇ……はうッ!」

前回とは違い、愛衣がいるのが気になるらしく、理緒はちらちらと隣の姉に視線を向ける。かなり恥ずかしそうだ。そのくせ、その羞恥すら快感となるマゾメイドの声はどんどん甘く、大きく、淫らなものになってくる。

「イヤ、イヤ、ああっ、可愛い娘のお尻をいじめるとか、最低ぇ……はおっ、おっ、らめっ、お尻、ほじほじも、ぺんぺんも、どっちもイヤァ！　んほおオッ！」

「うふふ、なにがイヤなの？　こんなに悦んでるくせに」

妹の快楽を感覚共有で察知した愛衣が、尻をもぞもぞさせながらからかう。

(さすが双子の姉、どうすれば理緒が悦ぶか、よくわかってる)

愛衣とアイコンタクトを交わした竜也は、腰と尻打ちの回転数を上げる。もちろん、アヌスをまさぐる指も止めない。

「んおっ、おっ、ほっ、ひゃめっ、あっ、イヤ、お尻、お尻、お尻ぃンン！」

痛み、恥辱、愉悦、それらがまとめて襲ってくる状況に、理緒はまともに言葉を発せられない。もはや、自分でもなにを口走っているのかもわかってないはずだ。ふだんのクールな言動との落差に、竜也の責めが勢いを増す。

「ひゃうぅっ!?　なっ、あっ、ダメ、おひり、ほじりにゃがらオマ×コいじめるの、ダメ、ああっ、イク、イク、理緒、お尻でイグ、ぺんぺんされてイグぅうぅン！」

ひときわ強くヒップを叩き、指を曲げて腸壁を擦り、子宮口を突いた刹那、理緒は獣じみた声を発して達した。そのあまりの締めつけに思わず射精したくなるが、

（まだだ、出すのはまだだぞ、俺っ）

竜也は歯を食いしばり、どうにか踏み留まる。

「なんれぇ……ご主人様も、いっしょがよかったろにぃ……！」

自分だけアクメを迎えさせられたのが悔しいのか、もしくは物足りないのか、牝悦にぶるぶると震えたまま、理緒が恨めしげに竜也を睨む。つい先程の愛衣の睨みにも負けないくらいの、ぞくぞくするほどの艶めかしさだ。

（こ、こういう表情までそっくりなんだな、この二人）

双子の姉と妹の似ているところ、違うところ、その両方を見て、知って、比べられるのは世界で自分一人だけという事実に、竜也は凄まじい優越感を覚えた。そしてその優越感はさらなる欲望を喚起し、肉棒を漲らせる。

（もし、理緒と同じようにいじめたら、愛衣もこんなふうに乱れるのか……？）

（あん、ご主人様、悪い顔してる。今度はわたしにも理緒みたいに激しくしてくれるのかな？）

竜也の表情の変化を、愛衣は見逃さなかった。

「ご主人様、次はわたしにも乱暴にしてくれませんか？　妹ばかりつらい目に遭わせるのは、姉として気が引けますし」

竜也の決意が揺るがぬうちにと、愛衣は自ら卑猥なおねだりをする。取ってつけたような言い訳を竜也のために用意することも忘れない。

「ら、乱暴って。これは」

「ええ、ええ、わかってます。マゾの理緒のために、ご主人様は無理していじめてあげてるんですよね？　でも、ホントはちょっと愉しんでますよね？　そして今、わたしもいじめたいなって考えてますよね？」

「……！」

図星なのだろう、竜也がびくっ、と震える。こういうときに竜也が見せる、後ろめたそうな表情が、実は愛衣は大好きだった。

(はあぁ、イイ……ご主人様のこの顔、ぞくぞくするぅ。わたしたちが成長して、おっきくなったおっぱいをついつい見ちゃったときにもこんな表情してたっけ。んふふ、好きなだけ見て、揉んで、玩んでもよいのですよぉ？)

ふだんは理性的で温和で誰よりも自分たちを大切にしてくれる竜也がたまに覗かせる、男の欲望。それは愛衣にとって、たまらなく嬉しいものなのだ。

「いいんですよ、わたしはマゾではありませんけど、ご主人様の想いは全部、ぜーんぶ受け止めたいんです。……そうですね、お尻ぺんぺんとかアナルほじほじはさすがにちょっとレベル高すぎるんで……おっぱいをいじめてみませんか？」

ここで愛衣は、制服から飛び出した双《ふた》つの膨らみを自分で揉んでみせる。最初に難易度の高い要求をしたあとで、本来の目的への心理的難易度を下げる、再びのドア・イン・ザ・フェイス手法だ。

「そ、そのくらいなら……うん」

前回、まんまとこの作戦にやられたことを忘れ、竜也はまたもメイドの罠《わな》に落ちる。

「では、愛衣のおっぱいを好きなだけいじめてください。たとえば……まるで道具のようにおっぱいを使って、オチ×チンを挟んだりしごくのはいかがです？」

ブラウスのボタンを全部外さず、菱形に開けておいたのは、自慢の豊乳をさらに強調するためだ。二の腕で横乳を中央に寄せ、さらにバストを押し出すことも忘れない。

「ほらほらご主人様の大大大好きな愛衣のおっぱいですよ？　あなたが育て、実らせたてくれた、たわわでぽよんぽよんの巨乳ですよ？　あなただけが自由にできる、あなた専用のメイドおっぱいがここにありますよぉ？」

竜也が注いでくる熱いまなざしに、愛衣の声が上擦り出す。ブラウスから飛び出した双つの膨らみの頂点では、桃色の乳首が浅ましいくらいに勃起していた。ぷっくりと盛り上がった乳輪は、自分でも卑猥だと感じる。

「い……いい、のか？」

「ええ、もちろんです。いつもはわたしたちがご主人様にパイズリご奉仕をしてますが、それでは物足りない点もあったでしょう。どうかご自由に、遠慮なく、このだらしないお乳をお使いくださいませ。……あンっ」

男心をくすぐるセリフの連続に煽られたのか、ついに竜也が愛衣の胸に乗ってきた。プレイやご奉仕の一環で馬乗りにされた経験はあるが、胸に跨がられたのは初めてだ。間近で見上げる勃起の雄々しさに、口の中に唾が溢れ出す。

（ああ、凄い迫力……。ご主人様がわたしの胸に跨がってくれただけでも嬉しいのに、これからあの逞しいオチ×チンでおっぱいを犯されるだなんて……っ）

胸の先端に加え、子宮や秘所も熱く疼く。太腿を悩ましげに擦り合わせながら、愛しい主の乳責めの瞬間を待つ。

「さあ、早くお使いくださいい。制服のパイズリホールにオチ×チンをねじ込んで、愛衣のおっぱいをオナホール扱いしてくださいい……はあぁっ！」

太い血管を浮かばせた肉筒が、胸の谷間に潜り込む。そして左右の乳房が鷲づかみにされ、強制パイズリが始まった。

「んんっ！　ご主人様、もっと激しく、乱暴にしてもかまいません……わたしのおっぱいで、いくらでも身勝手パイズリしてくださいませ……あうッ！」

竜也への想いの詰まった豊かな乳房を、その当人によって使われる。それは、竜也に奉仕したい、甘やかしたいという愛衣にしてみれば、至福の時間だった。

（ご主人様ったら、まだ遠慮してる。でも、その優しさも素敵です……っ）

もしもこれがマゾの妹相手ならばもう少し荒っぽくされたのだろう。双子の姉妹でも、しっかりと対応を変えてくれるのは、素直に嬉しい。

「はっ、んんっ、ああっ、ご主人様のオチ×ポが、おっぱいのあいだをぬぽぬぽしてますよぉ。はあぁ、わたしのおっぱい、完全に道具扱い……ご主人様専用のオナホールですぅ……ちゅっ」

「んお!?　あ、愛衣!?」

軽く上体を起こした愛衣は、胸のあいだから顔を出す鈴口にキスをする。

「さあ、もっと腰を突き出してください。わたしのおっぱいを玩びつつ、唇も犯してください、ご主人様。……ちゅ、ちゅ、ちゅううぅっ……れろっ、れろっ」

竜也がへこへこと腰を突き出すたびに、愛衣も唇や舌を伸ばす。敏感な先端へのキスやペッティングに、竜也が気持ちよさそうに呻くのが愛衣を喜ばせる。

「姉さんのそれ、いいな……。今度は私もしてもらおっと。ううん、おっぱいより、喉を激しく犯されたいかも……」

横で理緒が羨望のまなざしを向けてくるのも、姉の自尊心を充たしてくれる。

「んふふ、ご主人様のオチ×ポ、ぱんぱんですね。ガマン汁もとろとろです。このまお乳を使って顔射されますか？　それともまた愛衣のオマ×コを使われますか？」

「………」

愛衣が提示した二択に対し、竜也の選択は早かった。愛衣の胸から降りると、無言で股に身体を滑り込ませ、切っ先を膣口へとあてがう。

（わかってましたよ、ご主人様がもう限界なのは。わたしと理緒を相手に、まだ一度も出してませんものね。さあ、今度こそすっきりしてください）

反り返った牡竿が挿入しやすいよう、軽く腰を持ち上げる。何度も抱かれ、愛された女体は、もはや自然にベストの角度を作り出す。

「アアッ、来ましたぁ……くふっ、すっごく硬い、ですぅ……はあぁぁっ！」

先程貫かれたときよりも熱さも硬さも太さも増したイチモツが、膣洞を穿つ。逞しいカリが媚壁を擦りつつ、女体の最深部へと至る。とん、と亀頭が子宮口に触れただけで、愛衣は軽く達してしまった。

（わたしの身体、凄く敏感になってる……おっぱいを使われて、思ってた以上に仕上がっちゃったみたい）

ここまで感度を上げられた状態でまたお預けを食らうのだけは避けたい愛衣は、全身で竜也にしがみついた。両腕を背中に、両脚を腰に回し、さらに足首もロックして竜也を拘束する。

「さ、さあ、ご主人様、もう我慢は必要ありませんよ。このご立派なオチ×ポの中でぐつぐつ煮立ってる熱いミルクを、思う存分、あなたの忠実なメイドのオマ×コに吐き出しちゃってください」

あくまでも竜也への奉仕、というポジションを保つためのセリフだったが、

「そんなこと言ってるけど、単に姉さんが限界なだけでしょ。ご主人様、出すなら、こっちにも都合のいいメイド穴、あるけど？」

双子の妹には当然、本心は筒抜けだった。姉から竜也のペニスを奪おうと、高々と掲げた尻を振っているのが今は少しばかり憎たらしい。

「ダメ、ダメです。出すならわたしのオマ×コです。もう逃がしません。わたしに注いでくださるまで、絶対に逃がしません。放しません。なんなら、このまま死ぬまで繋がっててもかまいません……っ」

いつもの愛衣であれば、妹に先を譲ったかもしれない。けれど、竜也への積もり積もった想いと狂おしいほどの肉欲に、牝の本能が姉の意識を凌駕《りょうが》する。

「い、一生って」

「ご主人様、諦めたほうがいいよ。姉さんのこれ、本気だから。この人の愛、めちゃくちゃ重いから」

誰よりも姉を理解している理緒は、今日の一番搾りは譲ると決めたのか、四つん這いのままでオナニーを開始した。愛衣が得る愉悦を感覚共有でいっしょに味わい、同時に絶頂する狙いのようだ。

（ああっ、理緒ったら、本気でイこうとしてるっ。ダメ、そんなに乳首とクリ、くりくりしたら、わたし、ご主人様より先に果てちゃうってばぁ！）

愛衣とすれば、まずは主である竜也の射精が優先だ。しかし、隣の妹から送られてくる強烈な快感に、若い女体が急速に高まっていく。

「我慢するな。好きなときにイッていいぞ、愛衣。俺は勝手にお前の最高のマ×コ、使わせてもらうから」

そんな愛衣の心を汲み取ってくれた竜也が、抽送を始めた。己の快楽を求めるための往復ではなく、明らかに愛衣の性感帯を狙い撃ちした動きだ。

（はうんっ、ご主人様、わたしを理解しすぎぃっ。ああ、好き、好き、好き好き、大好きぃっ！）

今だけはメイドではなく、父を慕い、愛する娘として愛衣は竜也に全力で甘えることにした。もっとも、普通の娘は父に性的な欲望を抱かないのだが、その点はまったく気にせず、四肢でしがみつき、蕩けた膣粘膜でペニスを包み込む。

「ふひっ、ひっ、しゅごっ、アアッ、竜也さん、そこ、そこイイっ！　あひっ、あっ、クリの裏側、もっとごつごつしてくだひゃいっ、愛衣の急所、いっぱい擦っへぇ！」

久々に名前で呼ばれて興奮したのか、竜也の回転数が上がった。自分の中で硬度を上げる男根への愛おしさはそのまま愉悦へと変換され、若い女体を急速にエクスタシーの高みへと連れていく。

「姉さん、いいなぁ。私もご主人様に、そんなふうに荒々しく犯されたい……っ」

さらに、双子の妹からもたらされる自慰の快楽も加わり、愛衣は早くもオルガスムスの頂に立った。

「イクッ！　イキますッ！　あぁあっ、竜也さん、愛してます……あああぁあっ!!」

破瓜のときと同じように竜也の背中に爪を立て、両脚の踵でぐいぐいと腰を引き寄せながら、牝の幸せを極める。けれど、竜也の動きは止まらない。

「ひぃっ!? おっ、おっ、ほおおっ!? イヤ、やっ、あっ、待っへ、あっ、竜也ひゃん、らめっ、イッてりゅっ、愛衣、今、しゅごくイッてましゅからぁっ!!」

竜也はぐっと体重をかけ、跳ね、震え、暴れる愛衣の身体を押さえ込みつつ、追撃ピストンを絶頂中の蜜壺に加えてきた。

「ひぎっ!? やっ、あっ、無理、無理、無理ぃっ! ああっ、イッてましゅ、愛衣、ホントにすっごくイッてぇぇっ! アーッ、アッ、アァーッ!!」

竜也の腰をロックしていた足首を外すが、無論、それで抽送が止まるわけはなかった。むしろ、動きやすくなったとばかりに竜也はより速く、深く、しかも正確にアクメ真っ最中の媚洞を突きまくる。

「おひぃっ!? んひっ、ひあっ、やらっ、あっ、お許しをっ、ごめんなひゃい、あっ、んおっ、イク、イグ、またイギますからあぁっ!!」

愛衣とて、本気でイヤがっているわけではない。ただ、あまりにも強烈な法悦に本能的な恐怖を覚えているだけだ。

「イケ、イッちまえ、愛衣! 大丈夫だ、俺が全部受け止めてやるっ」

そして、そんな愛衣の本心を見抜いていた竜也が、さらにのしかかってきた。逞しい牡に組み敷かれ、押さえ込まれ、抱きかかえられる心地よい圧迫感は安心へと変わり、メイド少女の性感を再上昇させる。

「はうぅ、姉さんばっかりずるい……！」

竜也に虐げられたい願望を持つ妹が、己の胸と股間をまさぐる指を加速させた。それによって生まれた快感は姉にも伝わり、いよいよ愛衣は追い詰められる。

（無理、無理無理無理、ホントに無理ぃ！　気持ちよすぎて、もう、なにがなんだかわかんない……！　今、ここでご主人様に出されたら、どうにかなっちゃう……わたし、壊されちゃうよぉ！）

未経験の快楽の濁流に、十六歳の少女は脅える。しかし一方で、ここまで求められた嬉しさも急速に膨れ上がっていた。

「ごひゅじん様っ、イク、イクのっ、愛衣、イキながらイク、イグ……ッ！」

視界に星が瞬く。腰から下の感覚が急速に希薄になる。そのくせ、子宮が火傷《やけど》しそうなくらいに熱い。

「俺もイクぞ、愛衣……お前の中に出すぞ……オオオオッ!!」

「あああああぁっ!!」

竜也が牡の咆哮《ほうこう》をあげ、灼熱のザーメンを膣奥に放った直後、主を追うようにメイドもまた、オルガスムスを迎えた。

「んほおおぉ!?　おっ、ほおっ、おっ、らめっ、これ、ホントにらめなやつぅうぅっ！　イッグ……死ぬ……イク……!!」

一瞬、意識が飛ぶほどの法悦だった。両腕で竜也に抱きつきつつ、両脚をぴーん、とV字形に宙に伸ばしたまま、激烈なまでのエクスタシーを全身で受け止める。

（出てる、出てる、ご主人様のミルク、たくさん出てるぅ……ああっ、嬉しい、もっともっとください、愛衣の子宮、あなたの精子でたぽたぽにしてくださいませぇ！）

心と身体を包む至福と快楽に、愛衣は随喜の嗚咽《おえつ》と涙をいつまでもこぼしつづけるのだった。

「先程のご主人様は、ホントに逞しくて、素敵でした。わたし、まだ身体の震えが止まりませんもの。……ちゅっ」

「なんで姉さんだけいじめるの？　おかしいでしょ。ご主人様がSになっていい相手は、私の担当だけど？　次は私の番だからねっ。……ぺろっ」

膣内射精をした直後のペニスに、愛しいメイドたちの可愛くも艶めかしい舌がちろちろと這う。まだ敏感な亀頭に加えられる甘い刺激に、立ったまま奉仕を受けていた竜也の膝が揺れる。

「うふふ、ご主人様も震えてますね。そんなにわたしたちのお掃除フェラがイイんですか？」

「イイに決まってるよね？　現役ＪＫメイドがダブルでぺろぺろしてるんだから」

精液と愛液とでまみれた分身を、優しく、艶めかしく清掃してもらえるのは、男とすれば最高の瞬間の一つだ。しかし、竜也を興奮させているのは他にも理由がある。

「気持ちよくて震えてもらえるのはメイド冥利に尽きますが、撮影はしっかりとお願いしますね？」

「手ブレ補正機能あるとはいえ、あんまり揺らさないでよね、ご主人様」

（くっ、こ、こんなの、落ち着いて撮れるわけねえだろっ）

メイド協会に提出する証拠動画のためと、竜也はビデオカメラでダブルお掃除フェラの様子を撮影していた。自分の肉杭を挟んで、愛娘たちがれろれろと舌を蠢かす様を撮るだけでも充分に煽情的なのだが、

「むちゅ、ちゅ、ぺちゃ」

「れるれる、れろぉぉ」

二人の格好による背徳感も凄まじい。

（可愛い娘たちが制服のまま、胸を晒して、べろだけで俺のチ×ポを綺麗にしてくれ

てる……ううっ)

ふだん、高校に通っているときと同じ制服を着た愛衣と理緒は、口唇奉仕にいっさい手を使っていない。代わりに、その手で目元を隠している。ここまではずっと顔出しで撮っているため、今さら隠してもまったく意味はない。

「お、お前ら、その手、やめろって。隠さないより、よけいに卑猥だっての」

清楚さを感じさせる制服と、いかがわしさしかないポーズの組み合わせに、竜也はどうしようもなく狼狽《うろた》えてしまう。

「もちろん、わざとです。男の人って、こういうポーズに興奮するって聞いたんですが、ホントみたいですね。ふふっ」

「手を使わないフェラも好きなんでしょ？　ああ、答えなくても平気。ご主人様のチ×ポの反応で丸わかりだから」

カメラを持つ手と膝を震わせる竜也に、愛衣も理緒も嬉しそうに目を細め、舌の動きを速める。完全に姉妹にペースを握られた格好だ。

「うっ、ふっ、ぐぐ……っ」

手で固定されていないせいで、勃起が舌から逃げる。そのため、どうしても快感が持続せず、焦れったさが募る。一方で、自分の前で跪《ひざまず》いた姉妹が舌を使うたびに頭部のカチューシャや制服から飛び出した乳房が揺れる様が男の情欲を煽ってくるのだ。

(興奮してるのに、刺激が物足りないっ。こいつら、絶対に全部わかってて、わざとやってやがるな……!)

この調子だと生殺し状態が続くと判断した竜也は、双子の妹に命令を下す。

「理緒、次はお前だ。お望みどおり、思い切りいじめてやるぞ。覚悟しろ」

(今日のご主人様、いつも以上に興奮してくれてる。嬉しい。場所が違うのもあるけど、制服の効果かな? 今度、家でもこの格好でご奉仕してみるのもいいかも)

竜也にいじめてやると宣言された理緒は、さて、いったいどんなふうにして責められるのかと、ドキドキしながら次の指示を待つ。

(あはっ、ご主人様、すっごく見てる。制服姿の私を頭からつま先まで、目で犯してる。視姦してる。んふふ、JKメイドをどうやって躾けるか、嬲るか、いっぱい考えてるんだ)

今、この瞬間、大好きな男の頭の中は自分のことで埋め尽くされているのだと思うと、ぞくぞくするような興奮があった。

「……そこの壁を使えば、どうにかなるか……?」

竜也がスイートルームの壁を見て、ぼそりとつぶやく。

(壁？　壁でなにをするつもり？)

「理緒、そこの壁に背中をつけて立て」

竜也の意図はまったくわからないが、マゾ気質のメイドは、主に命令されるだけで嬉しくなってしまう。

(なになに、なにされちゃうの？　ご主人様の目がちょっと怖い。凄く素敵。オチ×ポがもう完全復活してるのも最高……！)

自分たちが丁寧に奉仕したとはいえ、早くも雄々しさを取り戻した四十一歳のペニスに目が引き寄せられる。このあと、あれに貫かれるのだと想像するだけで秘所がはしたなく濡れるのを止められない。

「こ、こう？　ご主人様。……ああっ！」

壁に背に立つと同時に、理緒の顔のすぐ横でどん、と鈍い音がした。竜也が壁に手をついたのだとわかった刹那、今度はマゾではなく、理緒の乙女の部分が激しく反応した。

(はうぅ!?　これって、これってもしかしなくても壁ドン!?　私、ご主人様に壁ドンされちゃってる!?)

友達同士で冗談でやってみた経験はあるが、そのときとは次元の違う胸の高鳴りがあった。このあとはキスでもされるのかとドキドキしていると、竜也は突然、壁を撫で始めた。

（え？　ご主人様、なにしてるの？）

戸惑っているうちに膝を持ち上げられ、挿入された。

「あああぁっ！」

「そのまま、俺にしがみつけ。両手を首に、両脚を腰に回すんだ」

「こ、こう？　はうぅッ！」

ここで理緒は、竜也が変形の駅弁スタイルをしたかったのだと理解した。こうして壁を背にすれば竜也の負担は減るが、挿入の深さ、密着度の高さは損なわれない。

（あっ。もしかしてさっき壁を触ってたのは、安全を確認するため？）

一流ホテルとはいえ、万が一なにか突起物でもあったら制服が裂けたり、最悪、理緒が怪我をする。それを防ぐために調べていたのだとわかり、竜也への愛おしさがさらに高まる。

（この人、ホントに私たちに優しすぎ、甘すぎぃ。そのくせ、オチ×ポはエグいし、しっかりいじめてくれる。だから好き、大好き……絶対にご主人様のお嫁さんになる、あなたのメイド妻になるんだからぁ！）

初めての体位なので、不安も恐怖もある。しかし、それを上回る竜也への信頼によって、早くも鮮烈な快感が蜜壺を襲う。

「くふっ、ふっ、ああぁっ！　これ深い、深い、ホントに深いぃっ！　あっ、当たる、先っぽ、完全に子宮、届いてる、叩かれてるのぉ！　はあぁあぁーっ!!」

対面座位の経験はあるし、挿入深度や角度はそれとよく似ている。しかし決定的に違うのは、身体が宙に浮いている点だ。壁に寄りかかっている分、ノーマルの駅弁スタイルには劣るが、それでも両脚が地に着いていない感覚は大きい。

（わ、私、ご主人様に串刺しにされたまま、浮いてる……ッ）

己の身を他者にすべて委ねている不安。委ねている相手への絶対の信頼がもたらす安心感。その相反する感情が肉欲をかつてないほど高め、理緒を喘がせる。

「はうっ、あうっ、あっふぅ！　イヤ、あっ、ご主人様、ダメ、ああっ、これ、刺さるっ、オチ×ポ、オマ×コにぐさぐさ刺さるのぉ！　はほおおっ！」

重力と自重に加え、竜也の垂直ピストンで、亀頭がかつてないほど強く膣奥を嬲る。ペニスという凶悪な槍《やり》で子宮、すなわち女の最も神聖な小部屋を責められている感覚は、理緒に被虐の悦びをもたらしてくれた。

（ご主人様と壁に挟まれて、逃げられないっ。暴れると落ちちゃうっ。私、今、ご主人様に完全に支配されてるぅ！）

肉体も、精神も愛する男に拘束されている感覚は、マゾメイドにとって最高のシチュエーションだった。すべてを委ね、支配されている極上の状況に、理緒は一気に昇り詰めていく。

「イク、イク、こんなのすぐイクぅ！　あうぅっ、ご主人様、来て、来て、理緒をダメにしてえぇっ！　はほおおオッ！」

装着していたカチューシャが背後の壁に擦れるくらいに顔を仰け反らせながら、理緒は随喜の頂に至る。が、先程愛衣に射精したばかりの竜也に爆発の気配はまったくない。

「ああ、ダメにしてやるぞ。だから、しっかり俺にしがみついてろ」

「うん、うん、絶対に放さにゃいっ……ひぃいイッ!!」

理緒がちゃんと抱きついていることを確認した竜也が、回転数を上げた。ただ速く突くだけでなく、アクメで蠢く膣道を掻き分ける力強さと、理緒の急所を的確に責める正確さも兼ね備えた、凶悪で、獰猛《どうもう》で、つまりは最上のピストンだった。

（うあっ、凄い凄い凄いぃっ！　私のご主人様、ホントに最高っ！　あっ、あっ、気

持ちイイ、気持ちイイ……えっ⁉）

これならすぐに絶頂する、と身構えたそのとき、竜也が「ふぐぅっ！」と、突然呻き声をあげた。抽送も大きく変化する。犯人は、愛衣だった。

「あ、愛衣、お前、なにを……おっふ！」

「わたしはその子と違ってほじほじされるより、ほじほじするほうが好きなんです」

愛衣は制服から絞り出すようにこぼれた乳房を竜也の背中に押し当てつつ、興奮した表情で言う。どうやら、竜也のアヌスを指でいじっているらしい。

（はあぁ、ご主人様のオチ×ポ、私のオマ×コの中でまたぐぐって膨らんだぁ！　お尻をほじられると気持ちよくなるの、すっごくわかる……！）

竜也に玩ばれたときの快楽を思い出し、尻穴が勝手に蠢く。それによって愉悦はさらに高まり、理緒を一気にオルガスムス寸前まで押し上げた。

「来て、来てっ、ご主人様、もっとして、駅弁ファックで理緒をいっぱい犯してぇ！　ひっ、ひぎっ！　奥がたまんらいのぉっ！」

初めての、しかも不安定な体位にもかかわらず、理緒の腰は勝手に揺れている。貪欲に肉悦を極めんとする、牝の本能の動きだ。

「うふふ、ご主人様のお尻、きゅうって締まりました。イクんですね？　姉の指でアナルをほじほじされながら、妹のオマ×コにたあっぷり、オチ×ポミルクを注いじゃうんですね？」

「ぐっ、うっ、う、動かすなっ、ほじるな、抉るなっ」

愛衣の指に連動しているのか、竜也の抽送が不規則なリズムを刻む。だが、速度と深度は落ちず、執拗に、的確に理緒のポルチオを縦に揺すってくる。

(子宮、子宮がたまんないッ……あっ、イク、本気のアクメ来るッ、ご主人様のオチ×ポ汁が欲しくて、オマ×コが溶ける、蕩ける……ッ！)

歯を食いしばり、竜也にしがみつく腕と脚に力を込め、理緒はエクスタシーの極みへと向かう。

「ご主人様もごいっしょに……！」

「くおッ!? オオッ、出る……!!」

そんな妹の感覚を察知した愛衣がより深く竜也の腸壁を抉った結果、理緒より一瞬だけ早く、ザーメンマグマの噴火が起きた。子宮口リングに密着した亀頭が噴き出す大量のスペルマに、理緒の意識が白く灼かれる。

「ヒイィッ！　ヒッ、ヒッ、イグ、らめっ、そんらっ、熱いぃ……ヒィーッ!!」

膣内射精をトリガーにして起きたオルガスムス。それによって鋭敏となった媚粘膜に次々と襲いかかる灼熱の白濁汁に、理緒は壮絶な喜悦を迎えた。

「んおっ、おっ、はほおおオッ！　あおっ、りゃめっ、死ぬ、死ぬッ、子宮でイグ、オマ×コでイッグ……イグイグイグぅーっ!!」

清廉な制服にはとても似つかわしくない生々しいアクメ声を部屋中に響かせ、理緒はかつてないほどの至福に沈むのだった。


姉に続き妹にも膣内射精をしたところで、竜也は一人、部屋に残された。愛衣と理緒は着替えてくるらしい。

（あいつら、まだ続けるつもりみたいだな。俺をいくつだと思ってんだ？）

ベッドに腰かけていた竜也は苦笑いを浮かべるが、体力にまだ余裕を感じてもいた。以前の会社と違い、しっかり休めていることに加え、毎晩のように繰り返される若いメイドたちとの夜伽で、知らず身体が鍛えられていたのだ。だが——。

（スタミナがついたのは自覚あったが、それでもこれは普通じゃない。愛衣のやつ、俺のケツになに挿れやがったんだ？　座薬か？）

体力と筋力はともかく、精力はそうそう簡単には上がらない。たとえ相手が極上の美少女双子メイドであろうとも、二連発をしたペニスの復活にはそれなりの時間が必要だ。にもかかわらず、竜也の愚息は依然、七割程度の勃起率を維持していた。

「お待たせしました、ご主人様。お色直し、完了です」

「さ、見て。ご主人様のためだけに用意したんだからね、これ」

「おい、愛衣、さっき俺の尻になに、を……おおおっ⁉」

セリフが途切れたのは、姉妹の格好が完全に予想外だったためだ。てっきりいつものメイド服だろうと予想していた竜也は、驚きに目を見開く。

(え？　メイド服？　いや、これはまさか……)

「さて、ご主人様、これ、なんだと思います？」

「まあ、もうわかったって顔してるけどね。さ、答えて」

竜也の反応を見た二人が、満足げに目を細める。

「ドレス……だな、うん」

愛衣と理緒が纏っているのは、紺色の華やかなドレスだった。肩から胸元までの白い肌と上品な青の対比はどこか神秘的ですらある。ただし、メイドの象徴たるカチューシャだけはふだんと変わらない。

「ドレスにも色々ありますよ？」

「どんなときに着るドレスに見える？」

「……花嫁衣装」

口にしたとたん、なぜか竜也の目に涙が滲んだ。

「はい、正解です。特注の、メイド専用ウェディングドレスなんですよ。……え!?」

「ちょ、ちょっとご主人様、なんで泣いてるの!?　私たちが綺麗すぎた!?」

突然の涙は、当人以上に双子を驚かせた。

「いや、すまん。お前らが嫁に行くシーンを想像したら、急に」

「なに言ってるんです。わたしたちが嫁ぐのは、あなたで確定してるんですよ？」

「私と姉さんが嫁に行くのは、ご主人様の元に決まってるでしょ。もう、急に泣き出すからびっくりしたじゃない」

理由を聞いた愛衣と理緒が安堵の笑みを浮かべる。

「しかたないだろ。俺は長年、お前らの保護者、父親ポジションだったんだから」

「でも、今は違いますよね？」

「さすがにもう、決めたんでしょ？　私たちのご主人様兼旦那様になる覚悟」

二人の真剣なまなざしに、竜也はこくり、と頷く。

「ここまでやらかしたんだ、今さら逃げやしねえよ。……というか、お前らのほうこそ逃げんなよ？　こんなおっさん、もういらねえとか言っても遅いからな。絶対に逃がさねえからな？」

「もちろんです。万が一そんなことを言ったら、わたしたちを縛って監禁してもかまいませんよ。手錠で繋いでもいいです」

「姉さんが言うと全然冗談に聞こえない。怖いって。……でも、うん、ご主人様に縛られて監禁されるの、案外悪くないかも……首輪とか、最高……っ」

愛の重さが人よりも過剰な姉と、マゾヒスティックな嗜好を持つ妹が、神聖な花嫁衣装に似つかわしくない、どこか淫猥な表情を浮かべ、先程プレゼントしたブレスレットとチョーカーをさわさわと撫でる。

「……で、なんなんだ、その服は。それも協会への提出用か？　ウェディングドレスを着ている姿は、確かに証拠としては強力かもな」

「あ、違います違います。これは完全にわたしたちの趣味です」

「ご主人様が私たちをメイド妻にしてくれるのはまだ先だって駄々こねるから、せめてドレスくらいは着ておきたいなーって」

「駄々って。……それにしても珍しい色だな。メイド服に合わせたのか？」

白以外にも、最近は「あなた以外には染まりません」といった意味を込めて黒いウエディングドレスがあるのは知っていたが、紺色は初めて見た。

「まだ誰にも染まってませんという純白や、もうあなた色に染められてますという黒もいいんですが、わたしたちにはこの紺色がいいかなって思ったんです」

「要するに、すでにメイドとして染まってはいるけれど、妻としても染めて、完全にあなた色に仕上げてねってこと。まあ、本番ではご主人様の好きな色のドレスを着るつもり」

そう言った双子は、その場でくるり、とターンをしてみせた。なかなかの勢いだったため、長いスカートがふわりと持ち上がってしまう。

「……おい、なんで下になにも穿いてないんだよっ」

「ガーターベルトストッキングは穿いてますけど。……だって、エッチするために着替えたんですよ？　どうせ脱がされるんですし、最初から穿いていないほうが合理的と思いまして」

「それとも、ご主人様は脱がす行為に興奮するタイプ？」

くすくすと笑いながら、花嫁衣装を纏った姉妹がゆっくりとこちらに向かってきた。

「証拠の撮影を続けましょうか。まずは新郎新婦新婦の、誓いのトリプルキスです」

「ふふ、懐かしいね。初めてのとき以来かな？」

双子は唇の半分ずつを重ねたまま、艶めかしく濡れた瞳を竜也に向けてくる。三人同時のキスは、否応《いやおう》なしに娘たちとの初めての夜を想起させた。

（こいつらがメイドになってから、まだ半年程度なんだよなぁ。もう、何年も前の気がするが）

愛しい娘たちとキスをしたと同時に、二枚の舌がちろちろと竜也の唇を舐めてきた。可愛らしくも淫らなおねだりに応じて舌を伸ばし、トリプルディープキスに移行する。

（こんなの、興奮するに決まってるだろ。チ×ポがどんどん硬くなってく……！）

「うふふ、ご主人様は誓いのキスよりも、初夜をご所望なんですね」

「いや、こいつはお前が尻に塗った薬のせいだ。なに盛りやがったんだ」

「ただの協会特製お薬ですよ。人体には無害ですからご安心を。勃起の補助効果もありますが、精子の量を増やすのが本来の効能です」

どう考えても怪しい薬剤なのだが、目の前の若く、美しく、愛おしい花嫁たちを相手にできるのならばと、竜也は細かい点には目を瞑ろうと決めた。

「薬はあくまでもサポート。本人が興奮しないとダメ。だから、私と姉さんがご主人様を盛り上げてあげる」

確かに、フル勃起にはあと少し届いていない。しかし、この調子ならすぐに完全復活するだろう。が、竜也は敢えてそれを口にしなかった。愛衣と理緒がどんなふうに自分を興奮させてくれるのか、強い興味を覚えたためだ。

「ご主人様はそこで見ててくださいね。初夜の準備を始めますので」

ベッドの端に竜也が移動したのと入れ替わりに、双子が中央で横になった。どちらも右半身を下にした横寝なのだが、頭を互いの股間に向ける、シックスナインの格好だった。

（なるほど。まずは姉妹レズを見せて俺を興奮させる計算か。……んん!?）

竜也の予想は、半分だけ正解だった。確かに双子はシックスナインでの相互クンニリングスを開始した。けれど、その口唇奉仕の内容がとてつもなかった。

「じゅるっ、じゅっ、ずじゅっ、ずじゅるるるっ」

「じゅるっ、ずじゅっ、ぢゅぢゅぢゅっ！」

なんと愛衣と理緒は、相手の膣内に残っていた竜也の精子を吸い出していたのだ。

（な、なんてエロい真似を！　双子クンニってだけでもとんでもねえってのに！　しかもこいつら、飲んでる！　ごっくんしてる！　俺のザーメンを！）

花嫁衣装を纏った愛する女たちが妖しく絡み合い、己が注いだ子種を啜り、嚥下していく。これほど淫靡な光景を、竜也は見たことがなかった。

「んふふ、ご主人様、こういうのもお好きなんですね。だいぶご立派になりました」

「でも、まだフル勃起にはちょっとだけ足りないかな」

竜也の股間でそそり勃つイチモツを見た新妻メイドたちが、ゆっくりと起き上がり、四つん這いでにじり寄ってきた。滑らかな肩や豊かなバストを大胆に晒したデザインのため、胸の谷間がはっきりと見え、さらに竜也を昂らせる。

「最後は、これで復活してくださいませ。んしょ」

「男って、こういうのが好きなんでしょ？　よいしょっと」

竜也を仰向けに寝かせた二人はドレスをはだけ、その圧倒的なサイズと張りと美しさを誇る乳房で肉棒を挟んできた。四方を柔房に囲まれた、ダブルパイズリだった。

「ふおおぉっ……おっぱいがいっぱい……！」

語彙力がどこかに行ってしまうくらいに、至高の感触だった。通常のパイズリでもそうとうな破壊力があるが、これはそれを上回る。

「ご主人様がおっぱいの中で暴れてます」

「だけど、まだオチ×ポに芯が通りきってないかな。もうひと押しってところ？」

ただ挟まれているだけでも充分にペニスは復活しつつあったが、愛衣と理緒はここで身体とバストを揺すり始めた。双子らしく息の合った動きで、四つの乳房がまるで生き物みたいに動き、四十一歳の剛直を擦り、挟み、撫でてくる。

「おっ、おっ、おほおおお……！」

「ご主人様、声が出ちゃうくらいに感じてくれてるんですね。嬉しい……っ」

「腰、浮いちゃってるし。新妻メイドのダブルパイズリ、たまんないでしょ？」

常に柔らかな膨らみに包まれるなか、ぴんぴんに尖った乳首でエラを擦られる。ときには乳の大渓谷から顔を出した亀頭をれろれろと舐められまでするのだ。これで勃起しないわけがなかった。

「さ、これでもう大丈夫ですね」

「ご主人様、そのがちがちオチ×ポで私たちのこと、いっぱい、いーっぱい可愛がってよね」

愚息といっしょに牡の欲望もマックスに回復した竜也は、迷わずメイドたちに次の体位を指定した。

「横に並べるのはいつもやってるからな。今日は、縦に重なってみろ。理緒が仰向けで、その上に愛衣が四つん這いで覆い被さるんだ」

「ご主人様、指示が具体的。んふっ、ずっとこうしたいって妄想してたんだ？」

理緒が揶揄してくるが、竜也は無視する。完全に図星だったためだ。

(言えるもんか、娘たちとの3Pを妄想してたなんて)

愛衣と理緒と主従関係を結んで以降、もう覚えていないほどの回数、淫らな行為を繰り返してきた。しかし、今、竜也の目の前に広がる光景ほど煽情的なものはなかった。

(ウェディングドレスを半脱ぎにした双子姉妹が縦に並んで、俺に尻とマ×コを向けている……なんだ、この状況は。天国にしても卑猥すぎるだろ)

縦一列に並ぶ姉と妹のワレメは、三人の精液と愛液と唾液とでぬらぬらと濡れ光っている。ふだんは薄い陰唇も今は充血してぼってりと膨らみ、牡を誘うように不規則にひくつく。

「ご主人様の視線、たくさん、たくさん感じますよぉ」

「はあぁ、わかるぅ、ご主人様、目で私と姉さんを犯してるよぉ」

竜也のまなざしを感じた小さな入口がひくひくと蠢き、白濁した体液を分泌する。精子は先程互いに吸い出したばかりなので、これは本気汁だろう。つまり、愛衣も理緒も、それだけ発情している証拠だ。

「挿れるぞ。まずは、理緒からだ」

「っ! う、うん、来て、ご主人様っ……アアッ」

こういうときはだいたい姉が先だと諦めていたのか、挿入された理緒が嬉しそうな声を、続いて喘ぎ声をあげた。逆に、自分に来てくれると期待していたであろう愛衣が、不満そうに尻を振る。

「わかってる、ちゃんと二人いっしょに愛してやるよ。平等にな」

にやりと片頬だけを上げて笑った竜也が狙ったのは、大きく開いたドレスから覗く、愛衣の背中だった。妹ばかり引っ掻いてずるい、と拗ねたのを覚えていたのだ。

「はうぅ!? ご、ご主人様、まさか……はあああぁっ！」

竜也が優しく肌に爪を立てると、愛衣は二割の脅えと八割の悦びの含まれた声をあげて仰け反った。姉の悩ましい嬌声を聞きつつ、竜也は妹の蜜壺を突く。

(愛衣の感覚が伝わってるのか。背中を引っ掻くたびに、理緒のマ×コが締まる)

貫かれている理緒の快感が愛衣にも伝播し、なにも挿れられてない膣が淫猥に蠕動する様子が、竜也にははっきりと見えた。なにしろ、すぐ目の前にあるためだ。

(マ×コはもちろん、こっちもエロいな)

リズミカルに理緒にピストンを繰り出し、優しく愛衣の背中を引っ掻きながら、竜也はさらに責めを追加した。標的は、愛衣のアヌスだ。背中を嬲っていたのとは反対側の指で、小さな、可憐さすら感じさせる窄まりを穿つ。

「ひぎゅっ!? ご、ご、ご主人ひゃまぁ!?」

これは想定外だったのか、愛衣が余裕のない顔でこちらを振り返る。少し涙ぐんでもいた。しかし、乙女のそんな表情は男の欲望を煽る効果しかない。

「痛かったら言えよ、すぐ抜くから。理緒と違って、愛衣はこっちの経験、ないわけだしな」

「だ、大丈夫ですっ。理緒に我慢できて、姉であるわたひぃン!」

セリフが途中で遮られたのは、竜也がさらに指を奥に埋めたせいだ。

「はあぁっ! お、お尻、もっと、もっとほじって、ご主人様っ! アアッ!」

姉から伝わるアヌスの快楽に、理緒の嬉しそうな声もあがる。

(凄いな、まるで二人をまとめて犯してるみたいだ)

ペニスが一本しかないことを密《ひそ》かに悔しく思っていた竜也にしてみれば、双子の感覚共有は、まさに天佑に思われた。

「はうぅぅっ、お、お尻、むずむずします……あっ、でも、オマ×コの感覚と繋がって、なんだかヘンにぃ……ひゃうぅぅ!」

背中と排泄口を責められた姉が震え、

「んおっ、おっ、奥、当たる、オチ×ポ、しゅごいのぉ! ダメ、ダメ、子宮、そんらにごんごんされたら、理緒、排卵しちゃうってばぁ！　アーッ！」

先程の中出しオルガの余韻が色濃く残る膣奥を小突かれた妹が身をよじる。

「よし、次は愛衣の番だ。やっぱり、平等に扱わないとな」

ここで理緒から本気汁まみれの怒張を引き抜き、物欲しげに蠢いていた愛衣を穿つ。

これだけだと理緒への責めが手薄になるが、わざとフォローしない。

「理緒にはお預け、放置プレイだ」

「はうっ！　ご主人様、鬼畜っ！　だけど、焦らされるのもぞくぞくするぅ……！」

口ではそう言った竜也だが、代わりに愛衣への背中とアヌスへの嬲りを強化する。

どちらも理緒が好きな責めだからだ。そしてさらにもう一つ、マゾメイドの好む刺激を追加してやる。

「愛衣、痛かったら我慢するなよ」

「えっ、なにを……あうッ！」

腰と両手が塞がっている竜也の最後の手段は、愛衣の首筋への噛みつきだった。

「はあああぁっ！　う、嬉しいですっ、これ、これ、ずっとして欲しかったやつぅ！

ああっ、わたし、今、ご主人様に噛まれてるっ……ひぃッ！」

「あうっ！　ね、姉さん、ずるいっ！　それは私だけが知ってたやつなのにぃ！　あっ、でも、この悔しさもたまんない……！」

膣、アヌス、背中、そして首筋を同時に責められた愛衣の痙攣が止まらない。そんな姉の愉悦が伝わった妹もまた、ドレスに包まれた肢体を悩ましくくねらせる。

「ごめんね、理緒。あとちょっとだけ、ご主人様を独り占めさせて……んんっ!?」

「むちゅ、ちゅく、ちゅ……っ」

ここで突然、理緒が愛衣の唇を奪った。さらに胸を突き出し、互いの乳首を擦り合わせる。焦らされて募った欲望の捌《は》け口に、姉を利用することにしたらしい。

(おおっ、ここで再びのレズプレイ、だと!?)

同じ顔をした双子の美少女姉妹が、ウェディングドレス姿でディープキスをし、たわわな胸を押しつけ合う。そんな耽美な光景を見下ろしながら一方の蜜壷を抉り、尻穴をほじり、背中を引っ掻き、首に歯を立てる。

(ま、まずい、こんなの、理性が吹っ飛ぶっ)

牡獣と化した竜也は、荒々しいピストンで愛衣を犯した。肌を傷つけてはならないという最低限の理性だけを残し、自分を全力で愛してくれる姉メイドを貫く。

「んおっ、おっ、りゃめっ、あっ、あっ、イグ、イギまひゅっ！　愛衣、イク、果てまひゅっ！　おっ、んおっ、はおおおオッ！」

日頃の清楚さをかなぐり捨てた愛衣もまた、ケダモノじみた声を発する。このまま突きつづければすぐに達するのは明らかだが、竜也はペニスを引き抜き、再び理緒の蜜壺を穿つ。

「おひぃっ！　来た、戻ってきたぁン！　ご主人様、好き、しゅき、大しゅきぃっ！　して、して、出してっ、理緒を孕ませてぇっ！」

姉同様、ふだんのクールさのかけらもなくなった理緒はへこへこと腰を使い、少しでも奥へと剛直を招く。蕩けた膣壁による締めつけは、痛みすら覚えるほどだ。双子でも微妙に媚粘膜の蠢きが異なるのが、竜也を滾らせる。

（双子の姉と妹を交互に味わう……ああ、男に生まれてきて、これ以上の幸せなんてあるもんか！）

「ひぎっ、しゅごっ、んおっ、オチ×ポ、またおっきくなったぁン！　らめっ、あっ、そこ、ぐりぐりされたらイグ、すぐイグのぉ！　理緒のオマ×コ、とっくに堕《お》ちてるんらからぁっ！」

凶暴なまでに膨張したエラでスイート・スポットを擦られた理緒がびくびくと痙攣を始めたところで、竜也は無慈悲にも腰を引く。そして、愛衣を貫く行為を繰り返す。

「ご主人様、ご主人様ぁっ！」

「鬼畜、鬼畜、私たちのご主人しゃま、鬼畜すぎぃっ！　でも、好きぃン！」

交互に嬲られ、絶頂寸前でお預けを食らいつづけた姉と妹は、もはや限界に見えた。

しかしそれ以上に追い詰められていたのは、竜也のほうだった。

「こ、これが最後だ、二人同時に出すぞっ」

爆発寸前の牡槍を、まずは上になっている愛衣に突き挿す。さらに首筋に嚙みつき、容赦のない本気のピストンで子宮を揺らす。

「あぁぁっ！　ご主人様ぁの嚙みつきぃ！　り、理緒にもお裾分け、してあげる……かぷっ」

ここで愛衣は、下になっていた理緒の首筋に嚙みついた。妹想いの姉による、竜也の行為のコピーらしい。

「ね、姉さん……ううっ、もっと強く嚙んでっ、ご主人様のはもっと痛いからぁ！」

妹を嚙む双子の姉という倒錯的かつ官能的な光景を見下ろしながら、竜也はついに射精トリガーを引いた。

「あっはぁ！　イク……イキます、イク、愛衣、果てます……はほっ、はほおおおぉっ！　イッグ……オマ×コ、溶けますぅ！　はあああぁぁーっ!!」

オルガスムスを迎えた愛衣から射精中の勃起を素早く抜いた竜也は、そのまま理緒の膣内を穿つ。

「ひぃっ!?　あ、熱い……らめっ、あっ、すごっ、アアッ！　オチ×ポ、射精しにゃがから突いちゃダメぇっ！　イク、イクイク、こんらのイクに決まってりゅうぅ！　アッ、アァーッ!!」

次々と噴き出すザーメンを子宮内に押し込むように、一心不乱に腰を振る。

（射精が全然終わらないっ。でも、おかげで二人に同時に中出しできるっ！）

尻穴に盛られた謎の薬の効能か、尋常ではない量の白濁汁を二人に注ぎ終えた刹那、今度は姉妹が体液を噴き始めた。

「アアアッ！　またイキます、あっ、あっ、愛衣、幸せすぎて、アクメ、止まりませんっ……はあぁっ、ダメっ、ご主人様、見ないでください……ヒィーッ!!」

理緒の愉悦が伝播した影響か、まずは愛衣が四つん這いのまま、ぴーん、と両脚を伸ばしながら、イキ潮を竜也の顔面へと浴びせかける。

「んおっ!?」

突然の熱い飛沫に驚いた拍子に、理緒との結合が解けてしまう。

「はうぅっ！　ね、姉さんのが伝わってくるぅ……あっ、あっ、ごめんなさい、ご主人様、わた、私も出ちゃう、漏らしちゃうぅ！　はひっ、ひっ、ひいいぃぃーっ!!」

ぽっかりと開いた花弁から勢いよく透明な飛沫が噴き出し、竜也の下腹部にびちゃびちゃと当たる。

(うおっ、上半身に姉の、下半身に妹のイキ潮だと……!?)

「ああっ、ごめんなさい、ご主人様、ああっ、でも、止まらないんですぅっ！　あっ、あっ、あぁーっ！」

「らめぇっ、やっ、やら、お漏らし、ごべんなさいっ！　ひんっ、ひぃぃぃンン!!」

困惑と羞恥に身悶えるメイドたちとは対照的に、竜也は満ち足りた笑みを浮かべつつ、愛しい双子姉妹の粗相を全身で受け止めつづけるのだった。


竜也はベッドで大の字になったまま、動けないでいた。三連発とドーピングの反動による疲労もあるが、双子が竜也の左右の腕を枕にしているのが一番の理由だ。

(身体は怠いし、腕は痺《しび》れてつらいが……最高の気分だな、これは)

さすがにやり過ぎた罪悪感はあるが、それ以上の充実感に浸っていると、両サイドの姉妹から話しかけられた。

「ご主人様は、ホントに素晴らしい方です。こんなに早くあなた色に染めていただけるとは、夢にも思いませんでした」

「さすが私たちのご主人様。まさか、初夜でいきなりメイドを自分色に染め上げるとか、完全に予想外」

「は？　染める？　なんの話だ？」

二人はくすくすと笑いながら上体を起こし、困惑する竜也を見下ろしている。

「これですよ、これ。見てわかりませんか？　最初と色、全然違いますよね？」

愛衣が指で示したのは、半脱ぎ状態のウェディングドレスだ。確かに、最初見たときの藍色が、今はところどころ、黒くなっている。

「ああ、汗や……汗とか吸ったんだな」

上半身は汗が大半だろうが、下半身、特にスカート部を濡らしたのは、大半がアクメ潮のはずだ。さすがにそれを口にするのは憚《はばか》られたので、曖昧な表現に留めておく。

「そこははっきり言っていいよ。私たちの汗と涙と涎とマン汁とイキ潮と嬉ションだって」

羞恥すら悦びになる理緒が、竜也の気遣いを即座に台なしにする。

「このウェディングドレスをお見せしたとき、説明しましたよね？　わたしたちが紺色を選んだのは、最後のひと押しをご主人様に染めてもらいたいからだと」

確かに、覚えている。

「黒はもうあなた染まってるって意味とかって話だろ？　でもそれとは違うだろ、この場合は」

「これはご主人様からの熱烈な求愛及び求婚と、愛衣は解釈しました」

「こんなに真っ黒に染められたら、もう、さっさと娶られるしかないし」

「いやいや、ただ濡れて黒っぽくなっただけだろ？　しかもドレス全部が濡れたわけでもないし、乾けば元通りの紺色に戻るんじゃないのか？」

二人の表情に明らかな欲情を感じ取った竜也は、努めて冷静に、淡々と事実だけを告げる。しかし、まったく効果はなかった。むしろ逆効果だった。

「なるほど。ご主人様は濡れてないところも余さず染めてくださると」

「なるほど。ご主人様は乾く暇もないほど、私たちを犯し抜いてくれると」

瞳を潤ませた愛衣と、頰を赤らめた理緒が竜也の両腕にしがみつく。汗でぬるぬるの乳房の感触が、疲労困憊《こんぱい》だったはずのペニスに力を漲らせ始める。

（うおい、なに反応してんだ、俺のチ×ポは！　お前、へとへとのはずだろ⁉　三連発した直後だぞ⁉　自分の歳を思い出せ、こら！）

「ふふっ、ご主人様ったら、まだまだお元気ですね」

「ご主人様、絶倫。今度は姉さんじゃなくて、直接私のお尻、お仕置きしてよね」

それを見た姉妹が、さわさわと亀頭と陰嚢をまさぐってくる。

「ご安心ください、お薬はまだ残ってます」

どこから取り出したのか、愛衣が怪しげな液体を手のひら全体で亀頭に塗り込んでくる。

「薬がイヤなら、私がご主人様を勃たせてあげるし。前立腺ってところを指でマッサージすると勃起するって、メイドの夜伽講習で受けたんだ」

理緒が、じわじわと指を肛門へと進めてくる。

「待て、待つんだ、愛衣、理緒っ。せめてもう少し休ませてくれっ」

「ダメです。わたしたちとの結婚を待たせているご主人様にその権利はありません」

「大丈夫、イメトレはばっちりだから。ちゃんと痛くしないで、ピンポイントでご主人様の気持ちイイところ、ぐりぐりしてあげる」

手のひら全体で敏感な先端をこね回され、すっかり奥まで侵入した細い指で前立腺を刺激された竜也の肉筒は、急速にその硬度を高めていく。

「わたしたちのドレスが真っ黒になるまで、今夜はたあっぷりご奉仕しまくりますからね、ご主人様。ちゅっ」

「こんなワガママな娘に育てたのは他ならぬあなたなんだし、こうなったら最後まで面倒見てよね、ご主人様。ちゅっ」

左右の頬に柔らかな唇を感じた直後、四十一歳の分身は、完全に復活を遂げていた。

エピローグ

笹倉竜也の朝は毎日早い。しかし、以前とは違い、起きるのはつらくない。よく食べ、よく運動し、よく眠り、そしてストレスを溜めない幸せな日々のおかげだ。

「んー、ご主人様、おはよぉございまひゅぅ」

「ご主人ひゃま、おはよー……むにゃ……」

三人分の朝食と弁当を作り終えた頃になると、双子姉妹も起きてくる。メイドとしては三食すべてを自分たちで用意したいらしいが、まだ成長期の二人をゆっくり寝かせたいと、この仕事だけは引きつづき竜也が担当している。

(保護者っぽいことをして、少しでも罪悪感減らしたいだけなんだけどなー。この程度じゃ、とてもじゃないが、帳消しなんて無理なこと、しまくってんだけどなー)

そんな竜也の本心を見抜いているのだろう、その気になれば家事も万能の優秀なメイド姉妹は、朝だけはかつてと同様、竜也に甘えてくれていた。

（これじゃ、どっちが保護者かわからんな。……ん？）

家族三人での朝食を終え、そろそろ会社と学校に向かう時間になっても、歯を磨きに行った愛衣と理緒が洗面所から戻ってこない。

「おいお前ら、どうしたんだ？ 遅刻しちまうぞ？」

心配になって様子を見に行くと、制服姿の姉と妹が同時に振り向いた。

「わたし、一人で歯を磨けました。褒めてください。よしよししてください」

愛衣はにっこりと微笑み、美しい歯を見せながら頭を差し出してくる。二人がまだ小さかった頃、自主的に歯を磨かせるために毎回褒めていたときの再現だった。

「まったく……朝っぱらからなにやってんだよ」

苦笑しつつも、竜也は愛衣の頭を撫でてやる。懐かしさに負けてしまったのだ。

「うふふ、ありがとうございます、ご主人様」

あの当時と比べると身体はびっくりするくらいに育った愛衣だが、こういうときに見せる笑顔はまったく変わっていない。

（こいつらに歯磨きを躾けてたときは、まさかこんな関係になるなんて夢にも思わなかったな……ん？）

愛衣の頭を撫でていると、理緒が身体を割り込ませてきた。

「私は歯磨きを忘れたので、罰を希望。お仕置きよろしく、ご主人様……いたたっ」

真顔でそんなことを言ってくるマゾ妹の左右の頬を、竜也は無言で引っ張る。

「おお、けっこう伸びるもんだなー」

ぐにぐにと玩んだあと、頬を解放してやる。

「うう、私が望んだのはこういうお仕置きじゃないんだけどー」

少し赤くなった頬を手でさすりながら、理緒が恨めしげに睨んできた。が、その瞳はすぐに妖しく潤み、

「どうせほっぺたいじめるなら、思い切り平手打ちしてくれたほうが、私的にはぞくぞくしたと思う。今からでもやってみない？　ご主人様」

とんでもないおねだりをしてくる。完全に本気の表情だ。

「するかっ。おら、とっとと歯を磨け。磨かないなら、もうキスしてやらんぞ」

そう脅すと、理緒は凄い勢いで歯を磨き始めた。

「あんまり力を入れすぎるなよ。優しくやれよー。歯は大事だからなー」

根は素直な理緒は、竜也の指示どおり丁寧なブラッシングを行う。

「終わったよ、ご主人様。ちゃんと磨けてるかどうかチェックしてえ。あーん」

うがいを済ませた理緒が、大きく口を開けて歯を見せる。これも昔よく姉妹がやっていた行為で、懐かしさに竜也の頬が緩む。

「ああ、綺麗になってるぞ。合格だ。……そんなに口開けて、顎、痛くないのか？」

「ご主人様に鍛えられたおかげ」

「くっ」

これは思い当たるふしがあったので、竜也はなにも言い返せない。

「んふふー。確かに歯は大事だよね。メイドを嚙んだりするのにも使うんだし。……というわけで歯磨き完了。私にもよしよしして、ご主人様」

「はいはい」

愛衣と同様に優しく頭を撫でてやると、理緒の目が嬉しそうに細まった。先程の愛衣とそっくりの、つまりは最高に可愛い笑顔だ。

(この笑顔を守りたくて、俺は十年間頑張れたんだな、きっと)

できればこのまま双子の頭を撫でてやりたいところだが、残念ながら、社会人と学生の朝は忙《せわ》しない。

「懐かしい真似するのもいいが、とっとと出るぞ。もう時間だ」

三人揃って、急いで玄関へと向かう。

「ご主人様、いつものお願いします」

「早くして、ご主人様。学校に遅刻しちゃう」

全員が靴を履き終えたところで、頬をくっつけた愛衣と理緒が目を瞑り、行ってきます、行ってらっしゃいのキスをねだってくる。いつの間にかこれが、毎朝の恒例になっていた。

「誰のせいだと思ってんだよ。……愛してるぞ、愛衣、理緒」

「わたしも世界で一番愛しています、ご主人様」

「私も姉さんに負けないくらい愛してるよ、ご主人様」

最も大切で、最も愛おしい二人に、同時に唇を重ねる。

それは三人の幸せな未来を祝福するかのような、甘いトリプルキスだった。

◉新人作品**大募集**◉

マドンナメイト編集部では、意欲あふれる新人作品を常時募集しております。採用された作品は、本人通知のうえ当文庫より出版されることになります。

【応募要項】 未発表作品に限る。四〇〇字詰原稿用紙換算で三〇〇枚以上四〇〇枚以内。必ず梗概をお書き添えのうえ、名前・住所・電話番号を明記してお送り下さい。なお、採否にかかわらず原稿は返却いたしません。また、電話でのお問い合せはご遠慮下さい。

【送付先】 〒一〇一‐八四〇五 東京都千代田区神田三崎町二‐一八‐一一 マドンナ社編集部 新人作品募集係

メイド《めいど》双子姉妹《ふたごしまい》 巨乳美少女たちの《きょにゅうびしょうじょたちの》シンクロ絶頂《しんくろぜっちょう》

二〇二四年六月十日 初版発行

著者◉青橋由高【あおはし・ゆたか】

発行◉マドンナ社

発売◉二見書房 東京都千代田区神田三崎町二‐一八‐一一

電話 〇三‐三五一五‐二三一一（代表）

郵便振替 〇〇一七〇‐四‐二六三九

印刷◉株式会社堀内印刷所 製本◉株式会社村上製本所 落丁・乱丁本はお取替えいたします。定価は、カバーに表示してあります。

ISBN978-4-576-24039-8 ◉ Printed in Japan ◉ ©Y. Aohashi 2024